春阳

作家出版社

一九九五年三月，曾读过这样一句话：
人类永远也摆脱不了人生意义和人生价值的拷问！

谨以此书献给那些曾在大学校园里生活过、学习过、幻想过的朋友！

目录

CONTENTS

引子

我时常喜欢停下来，凝视过去的岁月，每当昔日的情景含着特有的气息一幕幕扑面而来时，或带着欢快的旋律呼啸而过时，充满心底的那种滋味是永远也诉说不清的。

下面我记叙的这篇故事便是刚刚过去不久的一个真实的故事，它像一条清澈的溪流，在我的记忆深处静静地流淌延伸，剪也剪不断……我原本是想将这个故事深深地埋入心灵深处的，但我的灵魂和良知告诉我，必须把它写出来。遗憾的是，我不是写东西的好手，尤其不是写故事的好手。于是，我陷入了深深的难言的苦楚之中……

在整理好友遗物的时候，见他日记的扉页上，用正楷醒目地写着：

人，要像大山一样威严，
像大海一样宽广，

像春天绚丽的太阳一样值得眷恋。

我禁不住双手掩面，往事如山洪般排山倒海而来，我强烈地感受到，有一个声音，一个若远若近的、时隐时现的声音在呼唤我——要将他和她的故事，他和我们的故事记述下来，如实地记述下来……

这篇故事拟名为《春阳》。

第一章 望海潮

一

夏日的傍晚酷热难当。

李剑两手斜插在裤兜里，慢腾腾地往海滩走着，沉重的打击使这位刚满十八岁的年轻人顷刻间憔悴了许多。他似乎一下子紊乱起来，不知道在想什么或应该想什么，甚至不知道要往哪里去应该往哪里去。一切的一切似乎一下子都糟糕得透顶了，就像把辛辛苦苦做成了的小帆船小心翼翼地放入大海里，期望它会乘风破浪地漂向远方，可它没走多远便被海浪打翻了。他一下子惊惶失措，不知道怎么办才好。

去海滩纳凉的人总是很多，马路上熙熙攘攘，骑自行车的人把车铃摁得山响。李剑沿着路边低着头默默地走着，他想到死——悲壮地没入海水的那种。

路两边水果、饮料摊主们诱人的叫卖声他充耳不闻，只茫然地走他的路。猛然，面前横着一条新挖的沟，李剑吓了一跳，赶紧收住脚，木偶般地望了一下，这条足足有两尺宽的深沟，将好端端的路面拦腰截断。骑车的人只能嘟嘟囔囔地搬车过沟。一位穿着灰色短袖衬衫的胖老太站在沟边，想跳过去却总又下不了决心。李剑下意识地走过去，跨过沟，向老太太伸出手，老人很感激地看了看李剑，小心翼翼地拉紧李剑的手，使劲儿一跃，刚好过沟，李剑赶忙双手扶稳她，老太太乐了："老喽，不中用喽，谢谢你，小伙子。"李剑忽地又瞥见一位穿着粉红色连衣裙的姑娘，正扶着辆变速自行车很为难地立在沟边，李剑迟疑了一下，来到姑娘身边，默默地搬起车一跃过了沟，把车支稳，径直走了。

"嘿，谢谢你！"姑娘在身后说道。

李剑头也没回。

忙活了一天累红了脸的太阳恋恋不舍地沉向大海，整个海面似乎被它染红了。微风轻轻地吹拂着海面，海水一浪一浪地涌向岸边，涌进岩石的缝隙里，海滩上弥漫着海水的清爽气味。

李剑缓慢地走在海滩上，高考的分数是上午妈妈告诉他的，509分，仅一分之差他没能考入这座海边名城的全国重点学府——S大学，这是他向往已久的大学。一如经历过的无数次大大小小的考试一样，高考一结束，他便自信能金榜题名，如愿以偿，这种自信是极少落空的，他几乎已经可以习以为常了。可是这一次他凄楚地感到，这种坚定的自信已经在一瞬间化为了泡影。

紧张的高考结束后，李剑便有了一种久违的轻松感，那种终于翻越了一座大山似的轻松感。昨天晚上，听说考分已经下到了学校，李剑才有些紧张起来，心像被什么揪住了似的。他一夜未合眼，不住地在床上“翻烙饼”，盼望了一夜，祈祷了一夜，也担心了一夜。李剑妈今天一大早便去学校看分了，直到中午才姗姗而回。她一进家门，李剑就觉察到她脸色有些不对劲儿，心一下提到了嗓子眼儿，他眼珠一直紧随着妈妈转悠。妈妈将小皮包轻轻地放在饭桌上，用毛巾浸了凉水擦了把脸，再轻轻地拧了拧放在脸盆架上，然后才缓缓地低声说：“509分，与你的志愿还差一分，老师说今年的试题有些偏……”李剑脑子嗡的一声，像当头挨了一棒，差点晕过去。他听不清妈妈又说些什么，跌跌撞撞地推开他房间的门，趴在床上泪如泉涌。从小学到高中，他一直刻苦学习，不敢有一丝儿戏，成绩哪一次下过年级段前三名？可是这一次，偏偏又是在这个决定命运的转折点上，他栽了大跟头。李剑觉得自己很委屈，生活也太不公正，更觉得对不起妈妈，自从爸爸含冤病逝，妈妈与他相依为命，这么多年来，妈妈省吃俭用，含辛茹苦地支持他，为的不就是这一天吗？可是……李剑真想放声大哭一场。

午饭时分，妈妈喊他吃饭，李剑闭着眼装睡着，妈妈轻轻地叹了口气，又回厨房了。李剑赶忙从床上爬起来，趁妈妈不留意，悄悄地离开家，到海边来了。

夏日的黄昏，随和恬淡，海滩上，人们在三五成群地闲聊，人群里不时爆发出阵阵欢笑声。李剑觉得自己完全被隔离了，那畅快的欢笑是属于别人的，与他毫无干系。

海滩上到处是大大小小的鹅卵石，李剑一边走一边捡起一粒粒的石块，仿佛是在捡拾一件件的心事。前面不远的海边，耸立着一块巨大的岩石，岩顶的一部分突兀在水面，活像一头立在海边饮水的大象。李剑慢慢地登上岩顶，岩顶距海面约五六米，平坦坦的，有一间小屋那么大，坐在这里观赏海潮数星星是再惬意不过的了。这里是李剑十分熟悉和喜爱的，他平时就常爱到这里来。海浪在下面轻轻地吻着岩石，像朦胧欲睡似的。李剑又想到了死，这里曾是他的乐园，他曾在这里憧憬过、向往过，从这个地方投入海的怀抱实在是再圆满不过的了。

人，常常是在走过了许多的路之后，才在蓦然回首时发现，初来时的那条曲曲弯弯的小径，已被一件一件的往事覆盖。十八年来，他曾有过怎样的波澜，又是在怎样的一条灰暗的河流里拼命挣扎，也许只有经历过真正磨炼和孤寂的人才能真切地感受到这一点。多年来，他唯一拥有的财富就是信念和理想，这也几乎是他生命里最后一道坚硬的屏障了。他用它来抵御最冷的风、最苦的雨……可是现在，这道屏障好像已经单薄了、疲惫了、脆弱了，甚至要溃散了。仿佛在辽阔的大海上，一艘正要远航的帆船，突遭惊涛骇浪，终于慢慢地倾翻，要沉没了。李剑感到自己已疲惫不堪，无力再走下去了……

他数了数捡到的大小不一、形态各异的鹅卵石，整整十八块，与他的年龄恰恰相符，莫非天意巧合？李剑脸上漫过一丝苦笑。他将鹅卵石一块块地投向大海，溅起一片片的水花，也溅起了他一团团的往事。他刚刚出生的时候，爸爸还在“五七”干校劳动改造，妈妈生了他后足足两个月没有奶，他营养不足，两岁的时候，还不会走路，整天直挺挺地躺在床上，活像一把剑。妈妈于是就给他起了个“剑”的名字。三岁时，他刚学会叫“爸爸”，爸爸便在干校里含冤病逝了。四岁时，妈妈为了养家糊口，没日没夜地干活，落了个腰痛病，直到现在，一痛起来就整夜地睡不着觉。五岁时，妈妈领他到街道幼儿园报名，人家不但不接收，反而又将妈妈冷嘲热讽了一番，妈妈含着泪又将他领回家，他那时似乎是第一次见母亲流泪。晚上，妈妈便手把手地教他识字、算数、背古诗，还给他讲许许多多有趣的事。白天妈妈上班，就将他反锁在屋子里，他一个人在家里，只好自己和自己玩，自己与自己说话，自己对自己唱歌。六岁时，他第一次跟妈妈去商店，他看着花花绿绿的水果糖又馋又好奇，忍不住拿了一个，被营业员发现，妈妈向人家又赔不是又赔钱。回到家里，妈妈狠狠地揍了他一顿，他委屈得大哭不止，妈妈也泪水汪汪，一把将他揽在怀里，母子俩哭得好伤心好伤心。最后是他哭着劝妈妈别哭了，妈妈又哽咽着哄他别哭了。那情形他终生难以忘怀，那次是妈妈第一次打了他，也是他第一次尝到了糖的味道。七岁时，妈妈连夜用五颜六色的碎布块缝制了一个小书包，高高兴兴地送他进了学堂，从此，他便开始了紧张而又欢乐的学生生活……

李剑就这样投一块想一会儿，身边的鹅卵石越来越少，他投得越来越缓慢。红彤彤的太阳像一只大红气球懒洋洋地飘荡在海面上，天边几朵流云也被染成了紫红色，海面上泛起一层层血色的涟漪。此刻李剑身旁仅剩最后一块石子了，他暗暗下了决心，当这粒石块投入大海的时刻，也是他告别人世间的时刻。

一群群小鸟从李剑头顶飞过，身后的林子里传来了阵阵的鸟鸣。鸟妈妈一定在呼唤晚归的儿子吧，李剑忽然想起妈妈来，妈妈现在在干什么呢？肯定在惊慌失措地到处寻找他吧，李剑内心一阵战栗，盯着这最后的一粒卵石，他犹豫了，泪水慢慢地滑出了眼眶，像一只迷途的羔羊，究竟是应该回头寻找回家的小径，沿着人生曲曲折折的路坚强地走下去，还是……

慢慢隐去的夕阳似乎把海面映得红透了，起风了，海浪像睡醒了似的，一波波地向岸边扑来，拍岸而起，浪沫在空中飞扬散去，后退的浪潮在岩石的罅隙间迅疾地推涌回旋，发出汩汩的声音。“呜——”远处传来轮船的笛声，李剑突然想起一首《水手》的歌来：“……耳畔又传来汽笛声和水手的笑语，永远在内心的最深处听见水手说，他说风雨中这点痛算什么，擦干泪不要怕，至少我们还有梦……”他心里猛地一振：我这是想干什么？想去死？想逃避现实？甘当懦夫？不，不，一种坚定、刚毅、不屈不挠的精神在他心底猛烈生长，我不是懦夫，从来就不是，也永远不会是。李剑强烈地感到，他还有许许多多的事要做，人生路上的好景他还没有仔细地领略，他还年轻，不能就这样灰溜溜地败下阵来，糊里糊涂地倒下去，他还要开放青春的花，结出人生成熟的果实。他有的是力量，有的是勇气，从哪里跌倒就从哪里爬起来，一切都可以从头开始，不能服输。

“我不能死，我为什么要死呢？”李剑几乎叫出声来，他感到一种回旋上升的力量，一种超自然的力量，一种强大的生命之力猛烈地迸发出来。面对大海与苍穹，李剑激动不已，仿佛有一种无言的感悟在他与大海之间交流着，他似乎被融解了，被塑造了，并在这融解与塑造中感到了新生。理想的风帆决不能落下，要奋斗下去，直至事业的枝头结满累累硕果。

李剑把拳头握得“咔咔”响，狠狠地砸在石面上。

“嘿，你是市一高的吧?”背后突然有人冲他问道，李剑吓了一跳，忙扭过身去，一位十七八岁的姑娘立在他身后，穿着圆领无袖的粉红色连衣裙。

“你怎么知道?”李剑扫了她一眼。

“面熟呗!”姑娘微微一笑，在他旁边轻盈地坐下来。李剑的嘴嚅动了几下，没吱声。

沉默，两人静静地坐着，能听到彼此的心跳。姑娘目不转睛地眺望着大海，像有什么心事。

“你叫……”李剑小心翼翼地打破了沉默，显得很慌乱和不由自主。

“安琪，是妈妈给起的名字，可她已经不在人世了。”姑娘眺望着大海，声音发涩。

“你想听一个故事吗?”她忽然扭头问李剑，不等李剑有什么反应，安琪便望着大海轻声地讲述起来，“有个女孩，或许是她从小就听惯了这海的潮汐声，或许是这蔚蓝色的大海给了她一股灵气，她从小就喜欢大海，喜欢站在沙滩上让海水浸泡双脚；喜欢追逐浪花，去捡拾美丽的贝壳；喜欢看海鸥翻飞，观海上日出，在海的吟唱中做少女那美好的梦；早起和傍晚，她喜欢在海风吹来的窗下读书、弹琴、遐想。可是一年前，她深爱着的母亲病逝了，母亲用女性的爱和倾心的照料给了她温暖和希望，给了她生活、学习和做人的勇气。母亲走了，女孩绝望了、心碎了，她独自一人来到海边，想追随妈妈而去，也是坐在这块岩石上，当她看到大海，看到海鸥，听到涛声，听到悠长的汽笛声的时候，她的心战栗起来。她太爱大海了，她离不开那点点浮沉的帆影，翩翩飞舞的海鸥和起起落落的潮水，大海那不屈的性格、博大深沉的气质使她感到了新生。女孩终于又振作起来，重新面对一切。海给了她力量，给了她信心和希望……事实上人人都有痛苦的时候，那种时候，只觉得一生似乎都在泪水中浸透，真想向着大海发出长长的呼啸，期望得到一个清晰的回答，可是一年四季不能总是春天呀，人也不可能永远拥有同一种心情呀！”安琪声音发颤、泪水蒙住了她的双眸。

李剑心底顿时漫过一阵热流和共鸣。“现在好了，她考上了大学，了却了妈妈的遗愿，你想认识她吗？”安琪扭头问。李剑看了安琪一眼，没吱声。“那女孩就是我，我今天来这里正是想把这个好消息告诉妈妈的，我妈妈也喜爱海，过去她常带我到海边玩。”安琪用手拢了下长长的乌发说。“估计能上哪所大学？”李剑问道，声音有点颤抖。

安琪扬起眉梢：“S大学！”

李剑嘴角嗫嚅了几下终于没吱声。

“你怎么了？考得不理想？”安琪柔声地说。

“你怎么知道？”李剑一脸的难堪。

“这个时候，这个年纪，还有这样的神色，十有八九是这个原因。”安琪说完，脸上漫过一丝微笑，似乎对自己刚才的话十分满意。

李剑低下了头，像只泄了气的气球。

“不要太消沉了，谈谈你的委屈吧，埋在心里才难受呢！”安琪看着李剑，诚恳地说。

李剑沉默了一会儿，才抬起头眺望着大海缓缓地说：“我三岁时爸爸便含冤而逝。我与妈妈相依为命，小时候，妈妈几乎每天都要去工厂干很重很累的活儿，我一个人待在家里，只好自己和自己玩，天冷了，屋里很冷，心里也很冷……后来上学了，最怕过冬天，家境拮据，没有棉衣穿，冻得想哭。下雪天，大雪冻红了我的面颊和手脚。回到家里，妈妈又心痛又难过又无可奈何，搂着我悄悄地落泪……唉！我怎么老说这些，现在家境好多了，妈妈还是一家科研所的工程师呢，不谈过去啦。”

安琪用手帕不断地拭着眼圈。

“你，你哭了？”李剑不安地问。

安琪轻轻地甩了一下乌发，不好意思地笑了笑，说：“事实上做人是再好不过的事情了，人生精彩而富有意义，忽然有一天清晨，当你打开窗子面向冉冉升起的红日时，你一定会感到一种力量，会为自己的存在倍感自豪和幸福的。”话语温柔恳切，像春天那暖暖的、带着花草气息的微风。顿了一下，安琪又接着说道：“人生之海浩瀚无垠，惊涛骇浪骤然袭来，以致残酷地试图倾覆你的生命之舟，这时候你是勇敢地搏击，还是本能地挣扎；是自强不息做命运的主人，还是怯弱地屈服做命运的奴隶，心灰意冷，一死了之？不同的选择将会使你的命运产生不同的价值，体现出不同的人生，你说是吗？”

安琪的声音温暖亲切，李剑低着头，像犯了错被老师叫到办公室挨训的小学生。稍顿了一下，安琪眺望着大海，又意味深长地说：“相信吧，一切总会好起来的，路只应向前方延伸，只要你对未来的憧憬没有失去！”

安琪长长地舒了口气，转过头目不转睛地盯着李剑，这是令石头心肠也会战栗的话语和目光啊！李剑眼睛湿润了，心灵深处涌起一股强烈的力量和共鸣。

“考了多少分？”好一会儿，安琪又轻声问道。

李剑看了一眼安琪，四目相撞，他急忙将目光移开，淡淡地说：“509。”

“不错嘛！”安琪微笑着说。

“与我理想的志愿还差一分。”李剑颤悠悠地说。

“唉哟，太可惜了！”安琪似乎有点激动。

沉默了一会儿，安琪想起了什么似的，忽然转身盯着李剑急切地问：“你在哪个考点第几考场？”

李剑瞄了她一眼，慢悠悠地说：“市一高第十考场！”

“真的？”安琪惊喜地叫了一声，忽地一下站起来，发现新大陆似的，搓着手，喃喃自语，“这下好了！这下好了！”

李剑仰着头，莫名其妙地望着安琪，安琪伸出一只手指几乎是点着李剑的脑门神秘地、狡黠地说：“这回你福从天降，要时来运转了，我说了，你可千万别激动，别范进中了举似的……”

安琪的脸被微笑照亮，越发地靓丽了。李剑如坠云雾之中，连连点头 。

安琪清了下嗓子，一副正经八百的样子，引得李剑把脑袋仰得高高的。“今天上午我到学校去看分数，我们班的猛张飞，噢，就是孟岩飞也去了，他也在市一高第十考场，他一看见分数就骂上了，他说‘老子的政治无论如何也不会只考54分’，他当时就去找了校长，他可是我们班的尖子生呢！哦，对了，还是政治课代表。唉，你别急，听我慢慢说嘛！”安琪向满脸迷茫又急不可待的李剑晃了一下手，又接着说，“校长迅速向上面反映了情况，听说有好几个学生都出现了类似情况，问题已经查明，有两个考场考生的政治标准化分登记漏了，没合计到总分内，其中就有第十考场的。今天下午两点学校又重新公布了分数，我们班的孟岩飞由500分一下子涨到了528分，都快兴奋死了，说不定现在正在酒店里请客呢，你倒好……”

安琪还没说完，李剑已经霍地弹了起来，右手一下按着安琪的左肩，惊喜万状地问道：“是真的吗？”

安琪的话戛然而止，两颊飞起了红云，缓悠悠地说：“人家还能骗你吗?!”

李剑并未察觉到安琪的异样，他将手从安琪肩上慢慢移开，缓缓地转过身面朝大海，高高地举起双臂大声喊道：“上帝哟，您老怎么能开这种玩笑！”

“天都要黑了，快回家吧，你家人一定正着急呢！”安琪提醒道。

“哦，对，对……”李剑一下子又慌了手脚，欲从岩顶往海滩上跳。

“小心摔着了！”安琪拉了他一下，笑起来。

海滩上乘凉的人们打着呵欠，伸着懒腰，陆陆续续地回家了，几对情侣还半卧在海滩上窃窃私语，李剑、安琪一前一后匆匆忙忙地走在海滩上。

“哎，你是叫李剑吧？市一高三·一班的?!”安琪在后面问道。

“是呀！”李剑回答，依然急切地走着。

“久仰大名了，我们班主任常赞扬你，说你勤奋努力，每次统考都名列前茅，市里好几次作文竞赛、学科竞赛都拿过大奖，还能写一手好字唱几曲好听的歌，我们班主任说你可是才子呢！”

李剑放慢了脚步，扭头用手指点着自己的鼻尖做了个鬼脸：“鄙人不过如此而已！”

“喂，咱们可是校友啊。”安琪在后面欢快地说。

“嗯？”李剑停下了脚步，“你是哪个班的？”

“三·八班的。”安琪微笑作答。

“三·八班，哦，我说你怎会是女孩！”李剑开了句玩笑。

“什么话嘛，‘六·一’班就一定全是小孩了！”安琪抢辩道。

两人都忍俊不禁地笑起来，开始肩并肩地走在一起。

“请问老校友尊姓大名？”李剑笑吟吟地说。

“刚才不是已经告诉过你了嘛。”安琪白了李剑一眼。

“是吗？”李剑一脸的窘迫，“刚才，刚才情绪不太好……”

安琪停下脚步，两臂往胸前一抱，做一本正经状：“本人姓安名琪，叫安琪，这回记住了吧！”

“安琪——Angel！”李剑仔细打量了一下安琪，狡谲地眨了眨眼睛说，“早听说市一高有个叫安琪的‘小天使’，原来就是你呀，今天总算有幸一睹芳容了！”

“什么呀！”安琪嗔怒地擂了李剑一拳，两个人一下子笑得哈哈成串，引得不远处的几对情侣都抬起头好奇地望了望他们。

“你的志愿是哪所大学？”安琪使劲收住笑问。

“S大学，与你报的一样。”李剑坦然道。

“是经济管理系企业管理专业吗？”安琪有点激动地问。

“是呀。”李剑回答，有点莫名其妙。

“哇，太巧合了！”安琪一下拉住李剑的胳膊欢呼雀跃起来，“如果再不出差错的话，我们将又是同学呢，我报的也是这个系这个专业！”

“真的？真的这么巧！”李剑也被感染了，他一下握住安琪的手，使劲晃动起来，安琪猛然间似乎感悟到了什么，满脸绯红，李剑还在滔滔不绝地述说：“我的志向就是要当一名高级的企业管理人员，我们的国家正缺乏……”安琪使了使劲，将被李剑握住的手挣脱出来，李剑的脸红得像马上要滴出血来，喏喏地说：“对不起，我，我太激动了！”

安琪捂住嘴努力不让自己笑出声来。

“安琪，你刚才说的消息可靠吗？”停了一会儿，李剑又忐忑不安地问。

“放心吧，绝对地可靠，鬼才骗你呢！真的是把分数抄漏了，回去你就知道了，你怎么老不信任人家呢？”安琪略显不满地说。

“太感谢你了，愿上帝保佑我们S大学见！”李剑说完，转身一溜烟地跑了。

安琪愣了一下，朝着李剑背影喊起来：“喂，你还得再帮我把自行车搬过那条沟呢，我们可以一起骑车回家嘛，喂——喂——讨厌……”

兴奋的海浪一排一排地向岸边压过来，“哗——哗——”拍岸而起，浪沫泼溅好远，淹没了她的声音。

二

九月，对于那些经历了艰苦卓绝的拼搏，终于如愿以偿的满怀斗志的大学新生来说，是一年中最美丽的季节。当他们带着收获的喜悦和重新开始的希冀迈进梦寐以求的大学门槛时，无疑等于跨上了人生的一个新高度，迈上了一个向上的新阶梯。校园内的一花一草一砖一石都给了他们全新的感觉，这里空气是那样的清新，阳光是那样的明媚，一切一切都泛着可爱而又令人迷恋的光环。他们似乎都在不约而同地认为，这里就是人间天堂，他们便是天之骄子了。

从家到S大学，骑自行车也不过半个小时的路程，李剑有意骑车去，但李剑妈坚持“打的”，上午不到九点，便催促李剑出发了。在出租车里，李剑以为母亲肯定会有许多的话要说，但她却出乎意料地平静，两眼直视前方，脸颊上荡着浅浅的微笑。“假如我没考上，妈妈会是什么样子呢?”他不敢往下想了。李剑暗暗打量着母亲，她今天穿上了那件平时很少穿的深红色旗袍，发型也特意作了修饰，看上去一下年轻了许多，完全不像已过不惑之年的人。李剑还是第一次这样长时间地欣赏母亲，他想母亲年轻时一定很漂亮，爸爸也一定是一位佼佼者，可自己从未见过爸爸，家里爸爸的照片也极少，李剑有点惊诧自己多年来竟没有看看爸爸照片的欲望，对爸爸的感情也太淡薄了，是因为只顾学习还是年纪小不懂事？李剑将身子朝妈妈身边靠了靠轻声说：“妈，给我谈谈爸爸好吗?”李剑妈扭头看了李剑一眼，淡淡地说：“我不是早给你讲过了嘛。”“可我想知道得更全面一些。”李剑扬了扬眉毛回答。“你爸爸生前是我们太阳能研究所的领导，他很能干……”车停了，前面是红灯，司机回头看了他们一眼，绿灯，车又开了。“还有吗?”李剑不满足。“就这些。”李剑妈又淡淡地回答。“听说你与爸结婚时爸比你大十多岁呢，是真的吗?”李剑又追问道。“现在你怎么想起问这些事情来!”李剑妈显然不耐烦了，李剑只好把目光移向车窗外，不再吱声了。

出租车到了S大学校门外的停车场停下来，停车场里已停满了各种各样的小轿车，这几年用小车接送学生似乎已是很时兴的事情了。

和许许多多的新生一样，李剑迈向S大学的大门时，心中也充满了新鲜感和憧憬。给他印象最深刻的还是S大学大门两旁直挺挺地立着的两名年轻门卫，穿着威武的保安服，束着宽宽的武装带，目不斜视，旁若无人。李剑原来只是在市委、市政府等部门远远地看到过，没想到现在大学也时兴这个，李剑没有感到丝毫的不妥，相反他感觉这两名门卫似乎是在为他而立，至少是给他增添了些光彩或满足了他某一种虚荣心吧。另外两名坐在一张长桌旁的门卫正在手忙脚乱地检查新生的身份证、通知书。李剑妈笑吟吟地把这些东西交给一名大个子门卫，他看了看在记录本上迅速地写了些十分潦草的字。“请你们一直朝前走，到实验楼前再向右拐，在第二教学楼前报到，那儿设有接待处。”接着，他轻轻地拍了下李剑的肩膀说，“欢迎你!”

交费、注册、报到，一切一切都很顺利，接着便有一位自称是系学生会干事的小个子男生哼着小曲领他们进了宿舍楼。

李剑扛着皮箱，小个子帮李剑妈拎着皮包。三个人顺着楼梯一直爬到五层，来到一间宿舍门前，小个子喘着气说：“到了。”楼道里的灯没有亮，显得有些昏暗，但青色的门牌上“517”三个红字仍十分地显眼。小个子用钥匙把门打开，笑了笑说：“这就是你的宿舍，也是你四年大学生活的一个重要组成部分！”三个人进了屋，李剑把皮箱放在一张床上，笑着在房间里四处扫了几眼，玻璃很亮，窗台也很宽，上面摆着一盆忸忸怩怩的盆景。屋子中间摆了两张长长的桌子，桌子的右边是1、2号床位，左边依次是3号床位、书架和储藏柜，床架、书架、柜子全是暗绿色。床位分上下铺，共六张床铺，高高的书架被分成了六份，储藏柜亦恰好有六个小门儿。“机会均等”，李剑想。“怎么样？”小个子问。“不错！不错！”李剑喜滋滋地回答。李剑妈从塑料袋里拿出一个大苹果递给小个子。小个子说什么也不要，两人推来推去好一会儿，小个子终于还是收下了。“他们班现在报到多少人了？”李剑妈问。“三四个吧！”小个子答道。“好，你们先收拾吧，我下楼去了！”小个子说完便出了门。“谢谢你！”李剑跟出门说。小个子停下来，伸出手握住李剑笑容可掬地说：“我叫王连宝，别人都叫我阿宝，有什么需要帮忙的尽管打招呼！”“我叫李剑，请多关照！”李剑乐呵呵地说。李剑妈也满面笑容地走出宿舍门，王连宝咬了一口苹果，挥了挥手，咚咚咚地下楼去了。李剑和妈妈又回到宿舍，李剑妈已把一个靠窗的1号床位的下铺收拾好了。“妈，王连宝挺逗的！”李剑笑着说。“小伙子很懂事，大学生嘛！”李剑妈坐在床沿上说。

李剑摇了摇暖瓶：“妈，你先歇着，我给你打开水去。”

“不了，阿剑，来，你过来，我有话给你讲。”李剑走过去挨着母亲坐下，李剑妈轻轻地平了平李剑的衬衣领亲切地说，“大学四年，是人一生最值得珍惜的时光，你一定要珍惜呀！”李剑认真地点了点头。李剑妈又接着说：“阿剑，妈妈也曾在大学里学习过、生活过，大学能使你学到很多高深的理论知识，明白许多博大精深的道理，认识和看清过去那些模糊的、朦胧的东西，并会使你赢得更多的机遇，这些你以后慢慢会体会到的。大学校园里有时也会有浊气，我希望你能严格要求自己，努力学习，力争上游，做一名合格的高层次的大学生，这也是妈妈多年的愿望，你一定要记住呀！”李剑妈的声音有点发颤。李剑使劲地点了点头。李剑妈又坐了一会儿便要走。李剑想送，她不让，但李剑仍然坚持随她一同下了楼，走到楼前的花池旁，李剑妈坚持不让送了：“回宿舍休息一会儿吧，你也累了，下午说不定还有什么事呢！”李剑只好止步，李剑妈向前走了十余步忽然又停了下来，像还有什么话要说。李剑赶快跑过去：“妈，还有什么事吗？”“阿剑，你刚才不是问到你爸爸吗，他生前也期望你能上大学，成为一名对国家、对社会有用的人。”没等李剑有什么反应，她便径直向校门口走去。“妈怎么一谈及爸爸就像有满腹心事似的？”李剑心里直犯嘀咕。

回到宿舍，李剑把紧闭着的窗子打开，透透风，又下楼到锅炉房提了开水，倒了三四杯水先凉着，看看表已近十一点了，其他五位室友还未报到。这时，他忽然想起了安琪，安琪现在报到没有？李剑觉得自己不知怎么的竟突然间十分渴望见到安琪。

这时门口出现一个男孩子，右肩扛着个大皮箱，左手拎个小皮包，十七八岁，浓眉大眼，脸稍黑，嘴唇上方横着浅浅的“一”字胡，胸厚肩宽，虎虎实实。李剑觉得很面熟，他急忙迎上去接皮箱，男孩却伸手把手里的小皮包递给他，喘着气说：“这是517吧！”“是的！”李剑笑答。男孩很费劲地把皮箱放在李剑的上铺，一屁股坐在李剑旁边，喘着粗气说：“我的妈呀，可到地方了，五楼，让我们住在五楼，整死人呀，这年月，建楼的挖空了心思向高处发展，可他们却忽略了人的腿，人腿的长度是有限的！”李剑扑哧一声笑了，说：“我们上面还有两层呢！”

“什么？这幢楼有七层！那还不装电梯？我的妈呀，S大学毕业的学生腿脚功夫肯定不错。”男孩抱怨道。李剑禁不住地笑，他端起一杯温开水递过去。“谢谢！谢谢！”男孩赶忙起身接过杯子，喝了一口，咂了咂嘴，然后一饮而尽，把杯子放在桌子上。李剑笑吟吟地将手伸过去：“来认识一下，我叫李剑！”男孩也急忙站起来，两双手握在一起：“我叫孟岩飞！”

“孟岩飞，你是市一高三·八班的孟岩飞吗？”

“是呀！”

李剑握紧了对方的手：“我们是校友呢，我是三·一班的！”

“真的？”孟岩飞顿时大喜过望，“我说怎么这么面熟，你就是李剑呀，久仰，久仰！”孟岩飞紧紧地握住李剑的手使劲摇晃了几下，李剑也兴奋地说：“我也感觉你很面熟！”

“你怎么知道我是高三·八班的？”孟岩飞问。

“我还知道你们班都管你叫猛张飞，你的政治标准化分一开始没合计到高考成绩的总分里，后来加上，总分是528分。”李剑一口气说完，做了个鬼脸，故弄玄虚的样子。

孟岩飞更是丈二和尚摸不着头脑了："你怎么知道这么多?"

李剑笑说："我是听你们班安琪说的。"

"哦，原来是安琪这个快嘴快舌的小天使，哎，安琪也考入这所学校了，我们还是一个班呢!"

李剑顿时一阵激动，一下又拉住孟岩飞的手问："她人来没?"话一出口，李剑便后悔自己太冒失太冲动了。

"这不太清楚，刚才报到时没见到她的名字!"孟岩飞并未察觉李剑的异样。"你怎么认识安琪?"他不经意地问。

"在海边偶然相遇认识的。"李剑担心这个猛张飞会一追到底问个不休。

"我们班主任常表扬你，说你是个大才子呢!"孟岩飞笑容可掬地说，话题转了，李剑暗暗松了口气。

这时门外响起了一阵脚步声，一位扛着米黄色大皮箱，五十余岁的老同志喘着粗气立在宿舍门口看门牌。"送儿子的!"孟岩飞悄声说，李剑赶紧迎上去，帮他拿皮箱。

老同志把皮箱从肩上吃力地移给李剑，说："是517吧!"

"是的!"李剑答。

老同志回头朝身后喊道："哎，于波，过来呀，就是这儿!"

很快，一位戴眼镜的男孩慢腾腾地走了过来，他个头很高，足有一米八多，微瘦，稍长的脸，镜片下一双细长的眼睛泛着黑波，嘴角微微上翘，显得坚毅有主张。他手里拎着一塑料袋水果，像是在街上临时买的，看上去似乎一脸的不高兴。于波进了门，看了看李剑、孟岩飞，微微笑了一下，算是打了招呼。

老同志一边不太老练地收拾3号床位的下铺，一边招呼儿子："于波，快把旅游鞋换了！"

"爸，这床我自个儿能收拾，你歇会儿吧，唉，你非把自己累死了才甘心呀！"于波扯了一下他爸的衣角说道。

"这孩子，没大没小的，还生气呀，那箱子你能从一楼扛到五楼？不把你腰压弯了才怪呢！"于波爸很温和地说。

显然两人在楼下为谁扛皮箱上楼争执了一番，儿子争败了还不服气。

李剑赶快递给于波爸一杯温开水说："大叔，喝杯水吧！"

"好，好！"于波爸接过茶杯一饮而尽，咂了咂嘴，额上的皱纹后浪推前浪地颤动起来，笑吟吟地说，"瞧人家这孩子多懂事！"

于波有点不好意思起来说："我叫于波，来自河南洛阳，二位多多关照！"

孟岩飞乐了。"不要客气，我叫孟岩飞。"他拍了一下李剑的肩膀，"这位小白脸叫李剑，我俩都是本地的。"

"'洛阳牡丹甲天下，花开时节动京城'，有机会一定到牡丹城赏赏雍容富贵的牡丹，欢迎吗？"李剑笑着说。

于波耸了一下肩说："那当然，牡丹笑迎四方客嘛！"

屋子里荡起一片笑声。

下午一点左右，517宿舍又来了一位，胡运来，郊县农村考来的，中等身材，目光炯炯精神，广额、隆鼻，厚厚的嘴唇像是石头刻出来的，脸膛黑里透红，胳膊腿十分粗壮，像一位足球守门员，很厚道，见人就憨笑，他睡在2号床位的下铺，与李剑是邻铺。

一点半左右，又来了一位，童雷，个头稍高，肩膀厚实，圆圆的孩子气的脸，小巧的鼻子，圆圆的下巴，眉清目秀，一脸灵气，苏北人，睡在2号床位的上铺，与孟岩飞是邻铺。孟岩飞一见童雷那张娃娃脸，便像见了他小表弟，热情溢于言表，两个人坐在上铺凑在一处侃得热火朝天，下铺的三位也谈笑风生，像久别的老朋友似的。

下午三点钟的时候，517宿舍的最后一员终于姗姗来到，又是个高个，一米七八左右，微胖，头发乌黑发亮，丰润而白皙的脸庞，明朗而满含笑意的眼神，又英俊又斯文。他穿着白色红边的T恤衫，左手拎着一塑料袋苹果，右手用网兜提着一个足球，立在门口朝屋子里大声问道："这是517吗？"

"大卫？！"正坐着聊天的李剑惊喜地叫了一声，便扑了过去。

"李剑！"高个儿也大叫了一声，于波吓了一跳，赶快扶了扶眼镜向门口端详。门口的两个人已拥成一团，来人捏着拳头直擂李剑的脊背，塑料袋掉在地板上，苹果滚落了一地，胡运来急忙走过去把苹果和塑料袋都捡起来，放在桌子上。李剑把这个叫大卫的引进宿舍，介绍说："林大卫，我高中同学。"

林大卫冲大家一点头："请多关照！"

"大卫可是我们学校出了名的大诗人、大作家呢，曾在好几家报刊上发表过佳作呢！"李剑又笑着说。

林大卫急忙摆手："过奖了过奖了，几篇拙作不足挂齿，李剑这方面比我强多了，他获得过我们市作文竞赛的大奖呢。"

"你们俩怎么一见面就互拍上了。"孟岩飞瓮声瓮气地调侃道。

宿舍里又一下子荡满了开心的笑声。

李剑又将于波、童雷、胡运来一一介绍给林大卫，最后介绍到孟岩飞时，林大卫惊喜地握住孟岩飞的手说：“我说怎么面熟，你在市一高时也常爱踢足球吧！”

“对，对，这是我业余爱好的主要部分！”孟岩飞眉开眼笑地答道。“我们或许在足球场上见过面，我也爱玩足球。”林大卫说。

“很可能，说不定还杀过几个回合呢！”孟岩飞打了个响指说。

“高中时压力太大，很难尽情尽兴地踢一场球，在大学里，我们可以痛痛快快地踢个够了！”林大卫欢快地说，两个球迷一谈到球便十分地投机。

“对，应该好好地过过球瘾，本人也酷爱足球，在中学时是学校出了名的‘马拉多纳第二’！”一直半躺在床上的于波说。

“哎哟，我的妈呀，看不出来我们‘517’还真藏龙卧虎。”孟岩飞嚷道，眼睛瞪得老大。

大家哄笑起来。

“怎么，不服气呀，抽空可以比试比试嘛！”于波伸长了脖子激越地说。

“OK，这主意不错，只要你一下战表，我孟岩飞决不挂免战牌！”孟岩飞乐呵呵地说。

这时童雷在床上冲大家一抱拳：“各位，各位，要说足球，我最有发言权，我家四口人两个都是搞足球的，老爸是校足球队教练，哥哥是省足球队主力，本人是校足球场上有名的‘拼命三郎’，怎么，看不出来是吗？有空给你们露一手，让各位见识见识。”

“哎哟，哎哟，今天是咋回事，刚刚冒出了个‘马拉多纳第二’，现在又蹦出来个什么‘拼命三郎’，还要让我们见识见识。我说亲爱的三郎弟，小心在球场我一脚把你连球带人踢进球门里，让你领教领教我猛张飞的厉害！”孟岩飞龇牙咧嘴地说道。

“哈哈哈……”屋子里的人都开怀大笑起来。

李剑轻声地问身边的胡运来：“你怎么样？”

胡运来止住笑憨厚地说：“仅略通一二，守过几次门，且战绩不佳。”“谦虚了吧！”林大卫说道。

胡运来不好意思起来：“真的，农村跟城市不一样，在初中时几乎没见过足球，后来考上了县高中，才一时兴起学了几招，参加过三四场小比赛，当守门员，关键时刻老是挡不住球，让观众喝倒彩！”

李剑扑哧一下笑了，说：“你体质好，人又灵活，潜力很大，只要坚持锻炼，不出一年，保准是员虎将。”接着李剑抬高声音说：“我也爱踢足球，咱们宿舍可以说是群英荟萃，过一段时间，可在咱们班里建一个足球队，有组织地训练训练，遇到比赛什么的，咱们也争争光过过球瘾，怎么样？”

“好——”其余五人齐声响应。

林大卫乐呵呵地说：“本人现凑诗一首助兴——让我们每人的心里／都烙上足球印／让我们脚下的足球／滚动龙的威风／中国的声音。”

“好——”屋子里荡满了喝彩声及畅快的欢笑声。两个大三学生从门口走过，驻足向宿舍里瞟了一眼，做了个鬼脸。

“我觉得李剑口才好，有组织能力，如果咱们班里选班长，我第一个投他的票。”孟岩飞说。

“这个看法很科学！”于波扶了扶眼镜诚挚地说。

“那就这么定，李剑请客吧！”童雷笑嘻嘻地说。

“人家本来就是班长，高中三年一直是我们班的头呢！”林大卫的声音。

“你们扯到哪儿去了！”李剑两腮泛红。

“我们的体育委员呢？球队的头儿呢？”于波扶了下眼镜问。

“最好由孟岩飞干！”林大卫说。

“这可不行，本人有勇无谋，况且这些封官加爵之事都由系领导们费心，‘肉食者谋之，又何问焉’！”

大家又笑起来。

李剑猛然想起了什么，急忙拍了林大卫一下，问：“大卫，家里人没来送你？”

“我不让！”林大卫说。

“你就带一塑料袋苹果和一个足球，没别的东西啦？”李剑又问。

“哎哟，老哥唉，瞧我这记性，还有一只大皮箱在楼门口的传达室里呢，一说话给忘了。”林大卫拍拍脑袋转身就要出去。

李剑拉住他说：“你呀，还是那马虎脾气。你刚到，歇着吧，我去提。”

“一个人不行，很重的！”林大卫说。

胡运来起身说：“我去吧！”

孟岩飞赶忙从上铺爬下来，止住胡运来：“你坐了大半天的汽车，很累了，还是我去吧！”说完拉着李剑跑出了宿舍。

屋子里的四个人都甜甜地笑了，他们都亲切地感到六颗心似乎已经贴得很紧、很近，每个人都沉浸在友谊的潮水中了。

三

报到的第二天恰好是个星期天，天空格外蓝，澄净得如同这些刚刚跨入大学门槛儿的新生的心胸。

517宿舍仅剩李剑一个人。其余五位一吃过早饭都像鸟儿一样飞出了校门。于波、童雷去逛公园、轧马路了；孟岩飞陪着胡运来到市百货大楼买些牙膏牙刷之类的日用品；林大卫纯粹是到校园里寻找灵感去了，他昨晚悄悄地告诉李剑，他想写一点刚跨入大学生活的感受。这家伙一天不写点东西就手痒痒。

李剑半躺在床上心不在焉地翻着一本旧杂志，他在隐隐约约地想着安琪，盼望能和安琪再一起到海边或者是很随便地聊聊天，哪怕只是看她一眼也好。自从那次海边邂逅以来，他心底便对安琪有一丝若有若无的思念，自己也说不出为什么。

今天早饭后他很想去找安琪，可总是下不了决心，一个大小伙子四处打听一个姑娘住在哪幢楼哪个宿舍，实在有点难为情。一本旧杂志已翻到最后一页了，除了几幅鸟的插图和一张漂亮女孩的油画像外，其他一无印象。他随手把杂志扔到桌子上，一种莫名的烦躁在心底弥漫开来。恰在这时，门外突然响起了轻轻的敲门声。敲门的人似乎有些胆怯，敲了几下，便停一会儿，随后再敲，李剑断定是哪个糊涂小子找错了门，他趿着拖鞋很不情愿地走过去把门拉开。

随着一股扑面而来的热气，李剑看到了门外立着的安琪。

“安琪！”李剑惊喜万分。

“李剑！”安琪也叫了一声，声音柔和羞涩。

李剑觉得自己有一种紧紧拥抱安琪的冲动，但还是把它狠狠地压在了心底。他赶紧把安琪往屋里让，这才发现自己仅穿个大裤头和背心，于是又手忙脚乱地往身上套裤子。

安琪两颊绯红了，转过身面向门口说：“午饭后我还在海边那块巨象石上等你！”说完便像小兔子一样蹿出了门儿。顿时，一种幸福、欢悦的暖流一下遍布了李剑的全身。

当李剑怀着激动的心情麻利地爬上那块巨象石时，安琪正静静地坐在那里眺望着大海发呆。“安琪！”李剑叫了一声，安琪回头冲他微微一笑，又转过头望着大海。

安琪今天依旧穿着那件粉红色的无袖圆领连衣裙，裸露的手臂娴静地端放在胸前。她好像不太在意打扮，满头黑发也只是很随意地往脑后一扎。安琪确实是一个楚楚动人的女孩，她的皮肤属于那种永远也晒不黑的象牙白，圆圆的脸蛋，细弯弯的月牙眉，一双水灵灵的大眼睛，经过上帝精心雕刻的一双嘴唇泛着红润，在口与眼之间恰到好处地镶嵌着一只小巧玲珑的鼻子。安琪静静地坐着，看上去端庄、文静。

李剑强烈地感到，安琪正是自己欣赏的那种女孩子。他轻轻地在安琪身旁坐下，一种不带任何脂粉气的少女特有的天然体香，飘入了他的鼻孔，李剑有点陶醉和不自然了。

海，平静得如同一个熟睡的少女，只有微微的呼吸与柔媚的风轻轻应和着，那蓝色的裙裾，飘拂出纯真而又坦诚的欣喜。偶尔几只不知名的海鸟从海面上掠过，惊起朵朵柔婉的浪花，悠长的叫声在天空中回荡，没有奔腾的波涛，没有长空碧海间自由飞翔的海鸥，礁石也静默得如同凝思的哲人。

安琪一直默默地静坐着，眺望着海，倾听着海水亲吻岩石的声音。她双手托腮，想着如烟如雾的心事。

她先想到妈妈，妈妈“文革”时在乡下农场里干很重很重的活，积下了病根，所以多年来身体一直不好。妈妈去世时她还在教室里听课，未能陪伴在妈妈身旁，妈妈是唤着她的名字走的。安琪一想到母亲眼圈就泛红。

接着她又想到了爸爸，爸爸很疼爱她，常说她是他生活中不可缺少的阳光，爸爸对她的那份疼爱和热情远远地超过了对妈妈的那一份。他对妈妈好像总是淡淡的，有时近乎苛刻，安琪觉得这很不公平，她甚至有点怀疑爸爸是否真心爱妈妈，爸爸与妈妈的结合是不是最完美的，但在妈妈去世时，爸爸也伤心得眼圈发紫，浑身战栗。后来她还时常发现爸爸对着妈妈的遗像发怔，这时她才感到自己以往的看法是多么的肤浅和孩子气。妈妈去世后，爸爸更加疼爱她了，但爸爸对她的要求从来都是严格的，爱而不娇惯，并以他自己的语言和行动来影响女儿。她从小就受到了良好的家庭环境的熏陶，她学习一直很努力，成绩也一直很优异。今年她不负众望，顺利考入S大学。接到录取通知书后，乐得爸爸整日围着她女儿长女儿短的……

安琪又想到了李剑，在高中时就听说他是高才生，并且吹拉弹唱样样精通，还能写得一手好诗、好文章，在市作文比赛和诗歌比赛中获过奖，出过风头。那时候她就对“李剑”这个名字有过一种朦朦胧胧的向往。李剑那天帮她搬自行车过沟的情景一直深深地印在她的脑海里。

今天上午，她是鼓了好大的勇气才去找李剑的。当走到他宿舍门口时，她便开始怯懦了，心跳无端地加快，呼吸也不再自如了，脸一阵阵地发烫，直觉底气不足。她再三地鼓励自己抬手去叩门，不可败下阵来，如此窘迫，不自然又期望满怀地走上前叩了两下，就想一溜烟地跑开，待她进了屋，才发现李剑那一身长跑运动员式的打扮。她想她跑出李剑宿舍的样子一定十分滑稽。

"安琪，你怎么知道我住在517?"良久，李剑才鼓起勇气打破了沉默。

"是孟岩飞告诉我的!"安琪看了李剑一眼回答，脸上泛起了红晕。

李剑深感自己刚才的问话实在是太没水平了。

"我们的宿舍是一幢漂亮的四层小楼，我住在412!"安琪又说。

"哎哟，我们男生可惨了，有的住在六七层，上下都不方便，S大是不是有些重女轻男!"李剑诙谐地说。

安琪柔和地笑了笑，说："住的高有什么不好，上下楼能助消化，我们还巴望不上呢!"

"没这种必要，男士们肠胃都好得很，你们女孩不是时兴减肥吗？才真是该住在六七层呢，运动是减肥的最佳良方。"李剑调侃道。

"哦，对了，一定是校方考虑到各位贵小姐的鞋跟太高，上下楼易扭伤金莲，会增加校方医疗费用的开支，才对你们加以优待!"李剑又一本正经似的说道。

“鬼话呀！”安琪嗔怪道，李剑忍不住“哈哈”地笑起来，两人刚才的不自然荡然无存了。

安琪用手撑腮，盯着李剑，柔声说：“李剑，你还记得在海边你帮我搬自行车过沟的事吗？我还没感谢你呢。你可能不知道，我当时已在沟边愣了好一会儿了，可竟没有一个人肯帮帮我。这时你走来了。我清晰地记着当时的情景，你先帮一位老太太然后又帮我，在夕阳的照耀下，你显得那样稳重有魄力，就像个英雄，以至于我眼里的整个世界也一下子变得充满了生机与美妙……”

“是吗？”李剑开心地笑起来，“这样也算是英雄的话，那英雄也真太容易当了！”

“你傻笑什么，人家是在说心里话，不是在给你戴高帽子！”安琪认真起来。

“哎，安琪，那天晚上我走后，你又是怎么过那条沟的？”李剑止住笑问。

“绕道呗。”安琪一想起那天她不得不骑车绕大半圈路就来气。

“真对不起，那天我太激动了！”李剑不好意思起来。

“李剑，那天你真的想去跳海吗？”

“开始想过，后来便放弃了那种念头。”

“为什么？”

“因为当我看到大海中的一艘疲倦的航轮漂入静静的港湾时，我就想起了童年时趴在妈妈怀里的那种被爱护的感觉，我离不开妈妈，妈妈也不能没有我，她常说，我是她生活中不可缺少的阳光。”

安琪心里一震，爸爸也是常常这样说自己的呀！“你母亲一定很伟大吧！”安琪柔声地说。

“当然，如果你了解我妈妈，你也会这样认为的。她是一位善良、温柔的女性，‘文革’时她和爸爸被下放、被管制，在乡下过着苦日子，返回城里后，她又被分派到工厂干重活。那时我刚出生不久，爸爸也在干校含冤去世，我无法想象那些年妈妈是怎样熬过来的。用心感受妈妈走过的路，我就不会在意自己的挫折了。”李剑轻轻地说，那略显忧伤的话语像一条小河汩汩地流过。

安琪觉得跟她爸爸的经历很相似。“文革”时她爸爸也被长时间管制，受尽了屈辱，爷爷也被迫害而死。妈妈身体不好，也干很重的工作，爸爸拼死拼活地干活，养家糊口，给妈妈治病，但他对这些往事从不提起，总爱一个人站在窗前苦思冥想。爸爸很疼爱她，能洞察到她最细微的不适，可爸爸的忧伤，则是她所不能分担的，爸爸的寂寞、沧桑，似乎亦是她走不进的世界。

李剑用胳膊肘碰了一下又在发呆的安琪，轻声问：“你在想什么？”

“我……我在想你有这么好的妈妈，你真幸福！”安琪掩饰道。

李剑笑起来：“幸福与否全在于自己的感觉，就如认为自己痛苦的人总是痛苦，认为自己幸福的人总是幸福一样。”

安琪也笑起来。

“哎，安琪，上大学后，你有什么感觉？”李剑问。

“觉得很新奇，很欢畅，很……反正感觉与中学时期不大一样，你呢?”安琪柔声反问。

“我感觉到了大学，就如登上一座山、打开了一扇窗子，视野一下子开阔了许多，想做的和打算做的事情一下子挤满了脑际。总之，有一种从沉重的冬天冲出来，跨进了明媚的春天的感觉。”

“你比喻的真是恰当极了。”安琪眉开眼笑，“李剑，你有如此好的文学功底和想象力，为什么不报考中文或者新闻专业呢？要知道S大学的这两个专业也是很有名气的，你报企业管理将来不会后悔吧！”

“不会的。对我来说，文学就像足球一样，仅是爱好而已。我的理想就是要做一名高级的企业管理人员，毕业后到国有大中型企业去，那里是国家经济的动脉，是国家经济的主战场，只有在那里才能最大限度地发挥我的才能和智慧。这个选择曾困扰我很久，但最终我还是下定了决心。作为一名青年，将来跨入社会后，追求什么、打算做什么、为什么而拼搏，我认为要早下决心才对。”

安琪心底泛起了层层涟漪，她想：我报考这个专业，只是认为它当前很时兴，将来好分配，从未像李剑这样考虑得深刻、有意义。李剑的确是那种朝气蓬勃，能给人带来热情、阳光和向上力量的人。安琪霎时感到与李剑在一起，必将会充满阳光和希望。她隐约感到，一个春天的美丽的故事在她面前缓缓地拉开了序幕，一种要爱人和被人爱的渴望在她胸中慢慢地弥漫开来。她仿佛看到，小爱神正掣着箭向她射来。安琪顿时有了一种不知所措的幸福、紧张和惶悚，心怦怦乱跳，脸开始火辣辣地发烧。这种情绪渐渐地传染给了李剑，李剑也逐渐坠入了窘迫，慌乱起来。李剑深深地呼吸着，感到一丝剪不断理还乱的情愫，像蚕食桑叶一般，不停地啃食着他的心。李剑扭转身，大胆地、目光闪闪地直视着安琪，安琪的脸蛋此刻显得越发的红润越发的美丽了，像雪地上的一朵盛开的芙蓉花，一种强烈的接吻的欲望在李剑年轻的血管里吱吱拔节。“不，我们都还年轻，还有许多事情要做，不能过早地拉开这扇门，不能！”李剑在心里暗暗地叮咛自己，把那种炽热的欲望坚定地压在了心底。

两人都沉默着，然而心情却都如天上流云、海里浪涛不断变化，这是一种幸福的静默。周围只有海浪欢快地亲吻岩石的声音。李剑竭力想打破这情形，可舌头好似被千钧巨石坠住了，怎么也吐不出话来。良久，李剑才说：“安琪，我们……该回校了！”声音有点颤抖，安琪慌乱地点了点头。

海浪哗哗地向岸边掀过来，拍岸而起，浪花在空中迸散飞扬。李剑和安琪并肩走在海滩上，他们没有注意到已经起风了，甚至没有注意到夕阳在西沉，他们只觉得连那天边的晚霞也在为他们的未来和憧憬而燃烧。

傍晚时分，李剑回到宿舍，宿舍里只有林大卫一个人坐在窗子前，望着窗外橘黄色的路灯发愣。

李剑悄悄走过去猛地用手蒙住他的眼睛。林大卫吓了一跳，发现是李剑，赶忙说：“阿剑，你去哪儿疯了，我正找你呢，告诉你一件事，不过你千万要为我保密呀！”

李剑抿嘴笑说：“什么事，吞吞吐吐的，说吧！”

林大卫不好意思地挠了挠头，慢声细语地说：“是这样的，晚饭时我去食堂打饭，在返回宿舍的楼梯上，我左冲右插却总是超不过前面的两位女孩，三层楼了，我还在她们身后，她们像到男生楼来找老乡的，两个人不紧不慢不左不右，说说笑笑的，好像根本就没在意我似的。我真有点憋不住了，冲着两个背影喊：‘喂，二位小姐，能不能把步子迈快一点，本人的饭可要凉了。’两个女孩吓了一跳，一个女孩急忙转脸冲我一笑说：‘对不起！’我不禁呆住了，一双多大的眼睛呀，圆溜溜的亮灿灿的，有神有情。我的脸不知为什么发烧了，在她们闪出的窄道中，我低头走过去，身后是窃窃的笑声。刚才我下楼去打开水，腾腾的水雾弥漫在整个水房，尖利的开水呼哨声吵得人心烦，我打完水出门时，只听‘哎呀’‘当’的两声，你猜怎么着，一个姑娘正撞到了我的怀里，手中的空盆掉到了地上。定睛一看，怀中的人正是那位‘大眼睛’，水雾中看不清她的表情，只有那双似烟锁青江的眼光在流动。我慌忙说了声‘对不起’——这回轮到我说对不起了，我几乎是灰溜溜地跑上楼的，再不是那种边唱边奔地上楼了。要命的是，我回到宿舍后，激动得直喘气，心怦怦地直跳，有一种说不出的惬意感，脑海里也涨满了一种强烈的企盼，企盼再见到她。她一定也认出了我，这是不是缘分？我……我是不是爱上她了？”林大卫说完，深深地喘了口气，显然仍抑制不住激动的心。

李剑在林大卫身边坐下来，拍了拍他的肩膀，笑了笑说：“这大概就是所谓的‘青春期萌动症’吧！因为在高三我们太累太紧张了，猛地松懈下来，我们便会有点管不住自己的心情和思绪了，听说初入大学者常会出现此种怪症，‘哪个少男不多情，哪个少女不怀春’，别太在意。”李剑觉得自己似乎有点东拉葫芦西扯瓢。

“可我到底该怎么办？对谈恋爱我可没有一点心理准备呀，我可是想在S大学大干一番的，但是现在我又实在憧憬恋爱！”林大卫似乎有点紧张。

“紧张什么，你到大学里是学知识的还是讨老婆的？”李剑抬高声音说。“可学知识与讨老婆并不矛盾呀！”林大卫不服气。

李剑接着说：“大学生毕竟还是学生，还是要以学业为重，我们既然经过一番努力，高兴地来了，就应该学有所成，高兴而去。至于感情这东西，我认为越自然越纯洁越好，不必刻意。”

林大卫点头。李剑舒了口气，觉得这些话似乎也是自己说给自己听的。

林大卫往床上一歪，伸了个懒腰，自言自语道：“再见了，我美丽的‘大眼睛’！”他话音还未落，孟岩飞抱着足球一阵风似的闯进了宿舍，大声问：“什么‘美丽的大眼睛’？”

林大卫冲李剑伸了伸舌头，做了个鬼脸，李剑只是笑。

“哎，二位，我下午见到的那位才叫‘美丽的大眼睛’呢！”孟岩飞把足球放在床底下，一边脱球鞋一边说，“下午我在女生楼后的足球场上踢球，球滚着滚着就不见了踪影，四处寻找，也没找到，我气急败坏正要走，却听到宿舍楼上一个女孩轻柔的声音：‘足球在你身后草丛里面的小坑里’，我抬头看见四楼窗口一个姑娘正探着脑袋扑闪着一双大眼睛，给我指点足球的位置。我找到足球后，心里非常感激，可还没待我与她打招呼说声‘谢谢’，她便将脑袋缩回去没影了，等我又踢了一阵抬起头来，见那个姑娘又瞪着一双大眼睛在看得入神。那眼睛才叫美丽的大眼睛呢，流光溢彩，像映在溪水里的星星，那炯炯炙人的目光使我心慌意乱。不敢再看，可不看又不行，为什么不行我也说不清，于是又偷看了一眼，正好与她目光相撞。我有点尴尬，继而心虚，脚下也乱了方寸，球再也踢不灵了，只好抱着球溜到大操场上，一直踢到现在，出了一身的臭汗，这下才算是过瘾了。”

孟岩飞像是在随随便便地聊天，又像是在情不自禁地自言自语。李剑和林大卫禁不住哈哈大笑起来，“又一例‘青春萌动症’！”李剑在心里嘀咕道。

美丽的梦和美丽的诗一样，都是可遇而不可求的，常常在最没能料到的时刻出现，这也恰是我们这个世界的奇妙之处。孟岩飞看到的这个“大眼睛”叫左香雪，来自大巴山区一个偏僻、贫困的小山村里，她就住在412，与安琪是头顶头的邻铺。林大卫企盼的那位“大眼睛”叫徐丽娅，来自江南的一个美丽的小县城，父母亲都是工人，她也住在412，睡在安琪对面床位的下铺。

第二章 青青芳草地

一

军训动员大会是在学校大礼堂召开的，军训时间为两个月，男女生分开，即日开往六十公里外山脚下的一座军营里。新生们早已听到了许多关于军训的各种新鲜、神秘的传说，心里充满了炽热的向往。

今天的大会主要是一位四十多岁面色黝黑的上校作动员报告，什么迷彩服呀、武装带呀、军号声呀、欢歌声呀，还有什么爬山啦、射击啦等，诗情画意一般。上校指手画脚，讲得有条不紊，绘声绘色，引得台下的“天之骄子”们一个个伸长了脖子，荡起笑容，鼓起了掌。这些大学生已经一个个摩拳擦掌，斗志昂扬了。

女生被安排在营区西边的宿舍楼里，男生驻扎在东北角的宿舍楼里。军训的第一堂专业课是叠被子。早饭后，安琪、左香雪、徐丽娅等一群女生按通知在宿舍等候。不一会儿，小教员快步走进了宿舍，憨憨厚厚的一个大小伙子，二十一二岁，他一进屋，二话没说，就跪到床上憋足了一股劲对着床上的被子又揉又搓又拉又掐又拍。不一会儿，竟活脱脱地把一床柔软蓬松的被子弄成了一块又方又挺、棱角分明的“扁砖头”。惊得这帮女孩大呼小叫，随即也兴致勃勃地蜂拥而上，各自对付自己的被子，展平、量尺寸、掐线条、翻折、定型，女孩们纤长的手指在被面上把《琵琶行》中“轻拢慢捻抹复挑”的指法都用了个遍，细细地叠了半个多小时，头昏眼花地直起腰来。站远了一瞧，各床被子虽不能说“横看成岭侧成峰”，但也确是“远近高低各不同”。

小教员并不就此罢休，又严正指出：军营的内务标准除了被子外，还有床上的枕头、被单，床下的鞋、帆布凳，墙上的武装带、水壶、挎包、帽子，柜子里的书本、衣服等，都要一一到位。标准是用直尺和量角器来衡量的，单位要精确到厘米。这下子热闹了，房间里、楼道里到处都是慌慌忙忙，上蹿下跳的女孩子，好不容易一切都摆布好了，又检查了三四遍，这时的宿舍，哪里也不敢坐，什么都不敢动了。因为这些都要从早上七点一直保持到晚上九点，随时检查，一有差错便要扣分。

到了晚上，姑娘们都立在床边，实在舍不得抖开被子。左香雪说：“算了，今晚我这张床就让被子睡吧，我情愿睡在地板上。”徐丽娅则不赞成：“把被子端到地板上，自己睡在床上，等到天亮了，再把被子请上来不就得了！”但最后她们还是采用安琪的做法，把被子端放在床角，人斜躺在床的一边。谁知半夜里气温骤降，迷迷糊糊地以为还在自己家，伸手拉过被子就往身上盖。待第二天醒来，一个个面面相觑，追悔莫及，只得快快然再复“琵琶行”了。

紧紧张张的一天就这样从一个紧紧张张的清晨开始了。接下去的是内务、打扫包干区、训练、军体课、思想政治学习、看新闻联播，一直到熄灯还在手脚不停地忙活。往往是刚坐下来没多久，听到哨声又“腾”地蹦起来，一溜烟地集合去了。

自以为强健、英勇的男生们也绝不比女生好到哪儿去。军训正式开始的第一天，李剑所在的宿舍里就闹了个笑话。按作息时间要求，清晨必须五点半起床，而且几分钟里要穿戴整齐，到楼下集合。虽然他们在以往的十年寒窗中，个个都是习惯于抓时间的楷模，但仍担心不已，怕误了时间扣分挨训。前一天晚上，李剑他们把全部希望都寄托给了孟岩飞和他的电子闹钟，夜里，大家睡得正酣，孟岩飞枕头下的电子闹钟“嘀嘀”轻响起来。六个人连忙相互推醒，轻手轻脚地起了床，摸到衣服，借着星光一一穿戴完毕，又检查了一遍，自觉仪表无可挑剔了，然后就屏声静气地在床边坐下，得意扬扬地只等着起床号一响便第一个冲到楼下。可等呀等呀，等了好久也没动静，于波终于忍不住压低了声音问孟岩飞：“哎，伙计，咋回事?”孟岩飞拧亮手电一看表，才四点四十分。“对不起，对不起，各位，大概是我昨晚把定时器拨错了一个小时！”孟岩飞讪讪地说。天啊，大伙一下子全像泄了气的气球。

每一个星辰渐暗的清晨，每一个云霞满天的黄昏，这些成群结队的大学新生站队挺立在广阔的阅兵场上，进行队列训练。头顶是无垠的苍穹，脚下是被风吹动的小草，“立正”“稍息”“向右看齐”……在一个一个严厉的口号声中寻找标准的军人的姿态。他们一个个把身体绷得笔挺，像远处那一排排小白杨。练习停止间转法时，随着“分解动作—— 一、二”的口号，他们都憋足了劲，咬着牙使劲把一只脚往另一只脚上踢，一两个小时下来，他们一个个汗流浃背，浑身沾满了灰尘，每块肌肉、每个关节都又酸又硬，走起路来感觉真像提线木偶。

怕内务，怕队列，但最怕的还是急行军。黎明，东方刚刚泛出鱼肚白，一阵凌厉的哨声，划破了黎明的静寂。宿舍里、洗漱间、厕所里到处都是慌里慌张、手忙脚乱、叫苦不迭的大学生们，慌乱之中有穿了别人裤子的，有冲下了楼才感觉左右两只鞋穿反了的。女生中总有几个起床后非要在镜子前抹啊画呀半天下不了楼的“香水公主”“粉蜜小姐”。阅兵场上一排排列队完毕，才见徐丽娅等三四个女生拖拖拉拉跑过来，怯怯地填在队尾，浑身的护肤霜和香水味，气得小教员吹胡子瞪眼睛，又是一顿狠训。急行军走出去不到一里路，一些女生背上的背包就松散得七零八落。徐丽娅插在背包上的鞋掉下来砸到自己的脚后跟，安琪的背包绳拖到地上绊住了别人的腿，左香雪更糟，水壶掉到了沟里。好不容易气喘吁吁地到了目的地，晨曦微露中才发现背包像遭劫的杂货摊。一会儿，几个教员一路拣着鞋、水壶、毛巾之类走过来，抱了一大堆，幸灾乐祸似的放在这些狼狈不堪的大学生面前，弄得她们又好气，又好笑，又脸红。

军训进行不到半个月，这些大学新生已恍然大悟了。一个个叫苦连天，想家的、哭鼻子的、生病的，军训时晕倒的，五花八门，应有尽有。他们再也不想什么诗情啦画意啦，在他们心中，黑脸上校成了世界上最可憎的大骗子。这群莘莘学子在经历了艰难的高考后，终于投入了大学的怀抱，还没来得及享受新生活，体味其中的惬意，便一下子被投入到纪律严明的军营中接受训练，让他们苦不堪言。

每逢自由活动的星期天，女生楼便会热闹起来，唱啊说啊笑啊，溅起一串银铃声。饭后，女生们三五成群地走出营区，散散步，放松放松神经。男生们则一个个涌向游泳池，跳进水里游动嬉戏半天，再摇摇晃晃地回到宿舍，往床铺上一躺，四仰八叉，舒坦得直骂娘。

开始进行射击项目训练了，这些大学新生差不多对枪都有着与生俱来的敬畏感。当他们第一次从队长手中接过那乌黑发亮的家伙时，手脚都不知道该往哪里放了，诚惶诚恐，小心翼翼，生怕一不小心，碰到什么暗藏的机关会飞出一颗子弹来。

学习取放动作时，男生们竭力要做出一副成竹在胸的老练样子，却往往不是砸了脚就是碰了头，洋相百出。整小时整小时地练习瞄准时，女孩子们的天性即使在这种无声的单调中也不会被埋没，她们有的全身伏地，双手捧腮，上身挺直得一动不动，眼睛却不安分地乱转；有的一瞅没人注意，便不失时机地翘起双脚，摇上几摇；这时候倘若有小鸟儿从头顶飞过，那是最有意义不过的了，姑娘们都会不约而同地目送它直到远方。

实弹体验的前一夜，女生们都在彼此添油加醋地讲述着与实弹训练有关的种种可怕传说。安琪躺在床上，想象着自己明天的情形，便忧心忡忡起来。第二天清晨，尖利的哨声把安琪从噩梦中拯救出来，她暗自庆幸地抹去满头虚汗，突然想起今天要实弹射击，刚刚恢复正常的脉搏又开始超负荷运转起来。

在靶场上，安琪偷偷地瞟了一眼左香雪和徐丽娅，从她俩那掩饰不住紧张的脸上，安琪找不到一丝勇气。安琪极力想笑一笑，以显示自己的胆略过人，刚咧开嘴就被指挥员一声令下赶紧扑倒在地。她颤巍巍地装好子弹，以不成功便成仁的勇气紧闭了双眼猛扣扳机，才发现保险还没打开，手忙脚乱之际，三发子弹已经出膛，换来的是对面报靶员一个劲猛画白圈——全吃了鸭蛋。安琪满脸通红，不敢马虎，使出了浑身解数，屏息凝神，“叭”打了个九环，“哇！”她忘情地叫出声来，猛听见平日里和和气气的小教员一声断喝，吓得她脖子一缩，用立功赎罪的心情又打了个八环。第一次实弹体验就这样以十七环的成绩宣告结束。安琪坐在草地上正为自己的后两枪自我陶醉时，小教员走过来，不客气地批评她太急躁，太怯场，且又嚷又叫，毫无组织纪律观念。别人打了三十几环，你只是十七环，居然还笑。说得安琪泪珠儿在眼眶中直打转，当晚在被窝里卧薪尝胆，温习了一夜动作要领。

李剑的成绩比安琪也好不到哪去，实弹体验他打了二十六环。在接下去的练习课上，教员一遍遍地给他们检查、指导、讲要领、鼓劲，李剑也憋足了劲，决心争第一。考核那天，李剑打得像模像样，获得了第一名。安琪也一改少女的矜持、娇气，也打得有板有眼，取得了四十二环的好成绩，乐得她旁边的小教员眉飞色舞。

最后一个项目是登山比赛。女生一队，男生一队，每队又分若干小组，每小组六个人，每个队所要登的山的顶峰都插了一面红旗，先抢到红旗的组为胜。

比赛一开始，女生们一群群嘻嘻哈哈地向山脚下涌去，显得十分轻松。可山路越来越陡，太阳越来越毒辣，爬了一大段后，那悠然的笑便被山风吹走了。安琪一组除了左香雪外都有点气喘吁吁了。徐丽娅觉得双脚实在是疼痛难忍，脱鞋一看，有好几个水泡已冒了出来，惊得她娘呀妈呀直叫唤。好不容易又爬了一段路，一个稍胖的女生又扭伤了脚，左香雪只好架着她走。左香雪从小生长在山窝窝里，爬山对她来说是家常便饭，但她架着一个人爬山就显得力不从心了。这山并不算太高，可山路却不失险峻。她们又爬了一阵，个个脚痛腿酸，实在是走不动了，只好坐下来喘喘气。这时左香雪猛然看到红旗就在距她们组不远的山顶上，她激动地大声鼓励组员们再加把劲，做最后冲刺。但徐丽娅和那个扭伤了脚的女生是无论如何也走不动了，急得左香雪直跺脚。想冲上去，但纪律要求必须六个人全上去抢到红旗才算胜利。没办法，六个人垂头丧气地歪倒在大石头旁，眼巴巴地看着另一组女生爬上山顶，兴高采烈地抢走了红旗。

再看男生们，开赛枪声一响，他们便一个个奋力向山上冲去，一个个英姿勃发，虎虎生风。差不多快到半山腰的时候，李剑觉得心跳得几乎透不过气来，胸口发闷直想吐，双腿更是像拴了钢锭迈不开步。李剑知道，体能到了极限，同组的林大卫、于波、孟岩飞、胡运来、童雷也都有同感。李剑一边顽强地坚持着不让自己垮下来，一边和胡运来一起鼓励同伴："这是极限，坚持，只要再坚持一下，极限很快会过去的。"果然在一阵难以言喻的痛苦煎熬之后，他们一个个慢慢缓过气来，极限的感觉消失了。他们在领略到战胜体能极限的快感的同时，也领略到一种他们自己也说不清道不明的人生感悟。终于，六人一起登上了山顶，抢到了红旗。这个时候，他们才真正地感悟到战胜极限对他们的全部意义：正是这种痛苦的体验，才能够磨炼他们的意志和毅力，使他们在面对人生的各种困境，面对人生的各种“极限”时，能咬着牙，以男子汉的刚毅和意志，渡过难关。

短短的两个月军训就要结束了，经历了多次的磨炼和摔打，这些莘莘学子终于三五分钟就能叠出来一床方方正正的被子，每一回哨音刚落，都能看到他们迅速集合完毕的整齐身影。每一次立正、每一次转身、每一次起步走，都不会再找到那些毛丫头或毛小子的影子了。只有满身的力度与飒爽，阳光晒红了他们的脸庞，艰苦的训练强壮了他们的肢体，也坚定了他们的意志。大学生们猛然感悟到，他们走过了一段十分宝贵的时光，这段令人珍惜的时光在人生中不会再有第二次了，他们恋恋不舍起来。

李剑在军训总结中写道：“军训着实给我上了一堂人生之课，它像一台播种机，给我播下了勇气和刚强，它又像一架助推器，推动我在以后的人生路上奋进、飞翔！”

“军训即将结束了，可我竟很留恋，是因为那威严而谦和的教员？是因为那日日夜夜的欢乐和眼泪？还是因为那齐声喊出的号子、唱出的歌？我说不清为什么。”这是安琪日记中的一段话。

“军训是我有生以来一段最火爆最紧张最灿烂最骄傲的日子，它加强了我们的时间观念和集体观念，让我们学会了坚强、果断、干练和吃苦精神，体味到了军人的无私和坦荡。”摘自林大卫的军训总结。

孟岩飞则在总结中干脆写道：“真希望下辈子能成为一个兵！”

一个阳光灿烂的早晨，他们恋恋不舍地擦完最后一次枪，最后看了一眼整齐洁净的宿舍，排着方队到阅兵场上参加告别军营的欢送会。还是那位黑脸上校在台上讲话，他的第一句话就是“同学们好！”“首长好！”大学生们齐声高喊道。“同学们辛苦了！”“为人民服务！”接着台下骤然掌声雷动，许多人禁不住流了泪，有女生也有男生。“同学们，”黑脸上校清了下嗓子，高声说道，“穿上一身国防绿，然后学做一棵树！相信你们不会辜负党和政府对你们的这片苦心，你们中将来一定会涌现出许多科学家、企业家、文学家、政治家，到那个时候，我深信你们都会明白，应该用什么样的尺度来衡量你们对祖国做出的贡献！好好干吧，孩子们，祖国望子成龙，望女成凤啊！”上校高高地扬起右臂在空中十分有力地挥动了一下，结束了他的讲话。他最后的一句话由于声音太高以至于有些发颤。台下弥漫着抽泣声，但这声音迅速被长时间雷鸣般的掌声淹没。

阅兵场上，同学们排着整齐的方队向“八一”军旗敬了神圣的军礼。他们每一个人都心潮澎湃，仿佛觉得身前身后、左左右右、天上地下有许多双满怀期望的眼睛看着他们，一场新的奋战正在拉开帷幕。

终于，这些穿了两个月“国防绿”的学子爬上了送他们返校的大卡车，挥着手向葱茏的军营和可敬的教员告别，又有人抽泣，不少教员也在流泪，他们也舍不得这群学生。

上校对身边的老校长说：“校长，我很羡慕你，有一群可爱的孩子！”

老校长笑起来：“上校，我也羡慕你，有一群可敬的士兵！”

返校后的第二天上午，一年级新生便按通知到各自教室里开班会。当李剑、林大卫、孟岩飞一块儿经教室前排的座位走向后排时，李剑看到了安琪和另外两个女生正坐在第三排中间的位置上。李剑向安琪微微点了一下头，算是打了招呼。安琪脸上扬起了一抹微笑。跟在李剑后面的林大卫看到这些细微的动作后，便猜想这个漂亮的女生一定是李剑曾向他提起过的校友安琪，林大卫不由得多看了安琪一眼，恰与安琪左侧的一个头上扎着红发带的姑娘目光相撞，林大卫吃了一惊，这不正是他企盼的“大眼睛”吗?！他心跳一下子加快起来，徐丽娅也慌忙埋下头，脸上泛起两片红云，她一直把与林大卫楼道邂逅和水房相撞的事藏在心底，未向任何人吐露过。徐丽娅对这个大个儿男生印象还算深刻，可万没料到这个虎头虎脑、冒冒失失的家伙竟是自己的同班同学。走在林大卫后面的孟岩飞更是吃惊非小，他一进门便看到了坐在老同学安琪右侧的那个文文静静、朴朴素素的女生就是曾帮他找到足球的女孩，左香雪显然也认出了孟岩飞，她淡淡地把头扭向了窗外。

三个人选了第五排的中间位置坐下。李剑和孟岩飞热情地与后排的几位男生打着招呼。林大卫则静静地端坐着，望着近在咫尺的“大眼睛”的背影，心跳一直很快。他也说不清自己为什么会突然有这么一种从未有过的激动和不安。上课铃响过，系领导、辅导员笑容满面地走进教室，系主任讲了一会儿话，然后他宣布说："根据军训期间的表现和多方面的观察了解，系里决定任命几位班干部，班长为李剑同学！"他话音刚落，教室里便响起了掌声，李剑站起身来略显脸红地向大家致谢。接着又任命了其他几位班干部，安琪回头看了看李剑，李剑恰好也在注意她，两人都不好意思地笑了。

二

和煦的南风吹皱了温柔的河面，柳条上缀起鹅黄的碎芽，春天来了。校园里阳光明媚、草木吐翠、处处弥漫着浓浓的春意。经历了艰辛的高考、艰苦的军训和一晃而过的寒假之后的一年级大学生们，最能理解春的美妙，最渴望谛听春的声音，最能感受春的明媚和温暖。他们一个个都对这大学时期的第一个春天充满着渴望。

跨入三月，企管班便酝酿着去春游，最后全班一致同意，在四月的第二个星期天，到市郊去游月亮山。月亮山，峰峦秀拔，溪涧澄清，风如酥，花胜火，十里桃花，绿柳含烟，是本市的一处游览胜地。她还有一个美丽的传说呢。在很久很久以前的一个中秋节之夜，在皎洁的月光下，人们把月饼等食品摆放在案桌上，贡奉天神，可月亮却突然被天狗吞吃了。山民们十分惊慌，这时一位勇敢的青年猎手，背弓拿箭，向山顶攀去，他的恋人——一位美丽的山里姑娘放心不下，也跟了去。

青年人在山顶使劲地射呀，射呀，他射了整整九九八十一箭，终于射跑了天狗，一轮圆月重悬当空，可他在返回时因劳累不幸淹死在山中的一条河里，他的恋人悲痛欲绝，也投河追他而去。于是，这山便叫月亮山，那河便叫月亮河。

春游这天，大家五点半便坐上汽车出发了，安琪、左香雪、徐丽娅坐在一起。李剑、孟岩飞、林大卫紧挨着坐在她们的后面。胡运来、于波、童雷坐在最后一排。大家一路欢声笑语。胡运来、于波、童雷在摆弄一台录音机，于波要听舞曲，童雷想听流行歌曲，胡运来则一个劲儿嚷嚷此时此刻听几段轻音乐才最惬意。三人各执己见，于是磁带也走马灯似的，一会儿探戈，一会儿周华健、杨钰莹，一会儿《喜洋洋》《春天来了》。安琪、徐丽娅一直在兴奋地唱着大家都很熟悉的歌。李剑弹着吉他，林大卫吹着口琴有板有眼地给她们伴奏。同学们一边听一边为他们四人鼓掌喝彩。孟岩飞一上车就开始吃东西，先是一块夹心面包，后是一个红富士苹果，吃完苹果又拿出一根火腿肠，慢悠悠地吃了起来。517宿舍在前天就将旅游所需食品作了分配：李剑带罐头，林大卫带水果，孟岩飞带火腿肠，于波带饮料，童雷带面包、茶鸡蛋，胡运来来自农村，“流动资金”有限，什么也不必带，但在登山时要背饮料、提录音机，负责“运输”。年轻人嘴馋，游玩时总要大包小包地带满吃的、喝的，“玩得尽兴，吃得开心”，这在现今是很时髦的。

汽车行驶了一个多小时，车厢里依然一片沸腾，像个蛤蟆坑。只有左香雪一个人除外，她似乎对车厢里的热闹气氛视而不见。她一个人静静地望着车窗外一闪而过的景物发愣。她身后的孟岩飞试图和她聊几句逗她开心，但左香雪只是头也不回地“哼”几声。孟岩飞削了苹果给她，她不要，又想给她拿火腿肠，发现安琪和徐丽娅正斜眼悄悄地瞟他，孟岩飞有点不好意思了，只得作罢。左香雪心情很杂乱，正在自个儿想心事，她是农家女，家乡是一个偏僻的小山村，直到上大学前，她都没到过城市。家里很穷，两个弟弟一个妹妹也都在上学。父亲在两年前就去世了。身单力薄的母亲一个人支撑着这个家。母亲很少给她寄钱，她理解母亲的苦衷。母亲支撑这个家不容易呀。她只能靠为数不多的助学金生活，连件像样的衣服都没有。在这些风度翩翩、趾高气扬的城市同学中间，她便总觉得自己像一只混进了天鹅群里的丑小鸭，自惭形秽，抬不起头来。不知从何时开始，她便不敢在大庭广众面前欢畅地笑了，生活中的一切似乎也变得灰暗起来。她只想拼命地学习，期望赶快结束四年的学业，回去建设她贫困的家乡。她是十分眷恋她的家乡的。令她欣慰的是，同学们都十分理解她，千方百计地帮助她、抚慰她。现在她与宿舍里的几位女生就相处得很好，很融洽，尤其是与安琪和徐丽娅，她们三个团结得如同亲姐妹，一块儿吃饭，一块儿逛街，一块儿看球赛，成了情投意合无话不谈的好朋友。

听说班里要组织春游，左香雪又激动又紧张，连续好几个夜晚没有睡好觉，她打心底里不愿与这次春游失之交臂，十分渴望去看云看雾看日出看丛林，看那些自自然然衍生、滋长的东西，不矫饰不造作，一如童心，一如天涯小草，不泯翠绿，不泯天然之意趣。但她又怕和同学们一块去玩，因为她穿得不好，又舍不得花钱，事实上也真的没有多余的钱去买那么多好吃的。昨天晚上，安琪、徐丽娅上街为她买了一大袋食品，有夹心面包、巧克力糖、苹果、饮料等，这还不算，安琪又从她自己皮箱里拿出一条崭新的翠绿色连衣裙，料子是丝质的。左香雪平时最爱穿绿色的衣服，这件连衣裙像是特意为她准备的一样。但左香雪死活不要，山里人有山里人的性格。可安琪和徐丽娅则不甘心。安琪非常坚决地要她收下食品和裙子，徐丽娅则不厌其烦地给她阐述着必须参加春游的各种理由。终于在安琪、徐丽娅满脸的真诚和怂恿下，左香雪屈服了，她满眼泪花地收下了食品和裙子。早上出发前，左香雪穿上那条翠绿色的连衣裙，宿舍里一下子像平静的潭水里落了块石头，溅起层层涟漪。女生们一片由衷的赞叹声："啊，香雪多漂亮呀！""哎哟，闭月羞花呢！"左香雪也禁不住对着大圆镜照了照，她脸上飞起了两片红云，像小姑娘似的感到羞涩。她转身瞅了瞅安琪和徐丽娅，她们俩脸色红润，也在为她兴奋。

左香雪正在想心事，安琪用胳膊肘轻轻地碰了她一下，递给她一个削好的苹果，悄声说："香雪，瞧刚才孟岩飞对你那股殷勤劲，他肯定是对你有意思了！""你坏呀！"左香雪脸上泛起了红晕，大叫了一声，两人都吓了一跳，捂住嘴急忙回头看了看孟岩飞。孟岩飞莫名其妙，安琪和左香雪开心地大笑起来。左香雪跟安琪、徐丽娅在一起总是很开心很随和的。

徐丽娅这时候凑过来悄声说："林大卫邀我们三个与他们宿舍的六位一块登山。""你答应了？"安琪小声问。"当然答应了，他们可以为咱们背东西嘛，再说他们带的食品也很丰盛！"徐丽娅狡黠地小声说。"我们吃的够多了，况且我们也背得动，用不着他们帮忙。"左香雪轻声说。"哎呀，我的大小姐，对他们这帮家伙是不宰白不宰呀！"徐丽娅轻声说。三个人捂着嘴笑起来。

大约两个小时后，车到月亮山下，大学生们一个个兴高采烈地跳下车，放眼望去，月亮山云雾萦绕，蓊郁莽莽，像披着翠绿纱巾的少女，脉脉含情，凝眸不语，在云遮雾绕中腼腆地迎候他们。“哇！‘我见青山多妩媚，料青山见我应如是。’”林大卫拖长声音抑扬顿挫地感叹道，一副山水诗人的语气和派头，引得众人一阵欢笑。“我们来了！”有人向着月亮山呼喊道。“来了，来了……”山谷里荡起嗡嗡的回声。“我们来了！”“我们来了！”许多人大喊大叫起来。“……来了……来了”月亮山也很殷勤地回应着。“欢迎不欢迎？”又有人喊道。“……欢迎！”月亮山十分友好地回答。山脚下空气湿润清新，微风拂来，伴有阵阵沁人心脾的花香。同学们大口大口地吮吸着，开始三五成群地结伴登山了。雾珠在脚下草尖上闪着亮光，他们尽情地感受自由的风，欢快的心灵越来越活跃，血脉里奔流的全是欢悦。雾越来越浓，呈现出深深的乳白色在缓缓地流动。月亮山只剩下一个绿色的顶了，显得遥远起来。由于雾在动，那山仿佛也在动，飘移不定，扑朔迷离。

“啊，这儿真美，跟我的家乡一样！”左香雪由衷地感叹道。她一见到山，就有“心旷神怡、宠辱皆忘……其喜洋洋者矣”的感觉。

“左香雪，你家乡什么样呢？”孟岩飞亲切地问。

“我的家乡，开门见山，走不多远就到了山脚下，村前有清悠悠的小河，潺潺的流水，河边是丛丛翠翠的杨柳，周围是云遮雾掩的山峰。早晨，百鸟争鸣，炊烟袅袅，鸡鸣狗吠……

傍晚，斜阳衔山，晚霞似火，山里娃们便在小河边野炊，支起小锅，到地里摘点豌豆，到河里摸几只小螃蟹。老牛在哞哞地叫，河水在哗哗地流，饭烧好了，大家一个个争抢着，吃得有滋有味。天黑下来，月挂枝头，鱼儿戏水，蛙儿打鼓，飞鸟投林，孩子们就赶着牛，呼朋引伴地在村里慢悠悠地走。晚风拂动着树叶，轻轻柔柔，鸟扯起了歌喉，甜甜悠悠……”并不善谈的左香雪一谈起故乡便眉飞色舞，一口气说了这么多。正在登山的几位男生都伫立不前，听得入了迷。“哇，真是二十一世纪的世外桃源呀，左香雪你简直是诗人，请把刚才的话再重复一遍，我得把它记下来。”林大卫一脸大喜过望的表情，真的从口袋里掏出了笔记本和笔。左香雪忸怩起来。“你有病呀！”徐丽娅说着狠狠地拧了林大卫一把。林大卫痛得直咧嘴，大家哄笑起来，徐丽娅满脸绯红，也扑哧一下笑了。

崎岖不平的山间小路经过露水和雾水的浸泡，湿润光滑，一不小心就会滑倒。男生们大显身手的时候到了，李剑、童雷一左一右扯着安琪，林大卫、于波扯着徐丽娅，左香雪爬惯了山，当然不用别人帮忙。孟岩飞背着两大包吃的，胡运来提着录音机、背着一大包饮料，两人像蜗牛一样，被抛在了后面。走在最前面的左香雪停下来，等他们俩跟上来，便硬从胡运来手中夺过录音机提着，又要帮孟岩飞背布包，孟岩飞死活不给她：“我正担心你呢，你还帮我，不行，不行！”左香雪只好作罢。胡运来一去掉录音机，顿时利索了许多，很快便赶上了李剑、安琪他们。左香雪也想赶上前面的同学，但剩下孟岩飞一个人落在后面，她有点不放心，只得走慢一点与孟岩飞做个伴。

雾丝毫没有减退，越来越浓起来，厚厚的、绒绒的，时而掩上这边露出那边，时而露出这边掩上那边。景物总在变，恍恍惚惚的，犹如海市蜃楼一般。面前的树木、草丛倒还可以看见，但那只是朦胧胧的湿漉漉的绿，远处，云雾隐没了谷底，只有影影绰绰的峰巅在雾海中浮荡……左香雪和孟岩飞一前一后默默地登着山，后面的孟岩飞忽然“哎哟”了一声，左香雪吓了一跳，赶忙过去看，只见孟岩飞手指被灌木刺划破了，鲜红的血已渗了出来。左香雪迅速放下录音机，从口袋里拿出预备好的创可贴，细心地给孟岩飞包起来。看着左香雪专注的神情，孟岩飞心脏不禁怦怦地加速跳动起来。“她的出现，使我的思念不绝如水，使我的灵魂无端战栗，使我品味出了生活的滋味，我与她的相遇，也许是冥冥之中的注定吧，相信以后我们一定会用所有的辉煌来书写我们的生活的！”孟岩飞激动地想着，一种从未有过的朦朦胧胧的感觉在心底弥漫开来，就像这漫山的云雾。

越往山顶路越难走。猛然前面又横着一个长青苔的小崖坡，坡上爬着几株长长的青藤。崖不高，爬上去还是容易的。左香雪一手提着录音机，一手拉着藤条麻利地上去了。然后她又半蹲在崖顶，拉着孟岩飞的一只手帮他爬上来。待孟岩飞站稳后，左香雪轻轻地捧着他那只被划伤的手柔声问：“还痛吗？”孟岩飞摇了摇头，心底漫过一阵暖流。这时猛听背后有嬉笑声，两人急忙扭头，才发现李剑他们七个人正坐在草丛里的石头上狡黠地看着他俩。左香雪赶忙松开孟岩飞的手，羞得直想钻进石缝里。孟岩飞则瓮声瓮气地冲着七个人说道：“傻看什么，又不是演电影！”这一句话更使大伙早已忍俊不住的笑声喷涌而出。李剑笑着走过来关切地问孟岩飞："手怎么啦?""划破点皮，没什么!"孟岩飞窘迫地说。

渐渐地，登山的人多起来，呼朋引伴，嬉笑打闹的声音不停地在山林中回荡，最后消失在云雾之中。太阳升起来了，红艳欲滴的朝阳跃上树冠，千万条金丝线从叶片的缝隙中流下来。笼罩着的晨雾正在散开，露珠闪耀出虹彩，好像天上的虹落到了山坡。

九个人走着走着，突然听到叮叮咚咚清脆的流水声。他们绕过一丛绿屏似的灌木林寻找，发现了一条清澈见底的小河。河水在阳光下闪着粼波，水底是小巧的石子。水从一片树林里辗转流出，如滚玉泻珠，奔流着向山下涌去。远处，峰岩俯仰，倒映水中，离合明灭，幽秀无比，使人顿觉心旷神怡，这便是月亮河了。李剑他们席地而坐，边吃边喝饮料，边听录音机里放出的轻音乐。远处、近处，不时有阵阵的欢笑声传来，整个儿月亮山都沉浸在欢悦之中。

当这群大学生兴致勃勃地返回学校时，已是夕阳西下了。他们在月亮山尽情地玩了一天。欢乐和友谊照亮了他们以后的路。

六月底，夏蝉的长鸣声一波波地滑过校园里浓密的梧桐树梢。骄阳似火，大学生们盼望已久的暑假终于姗姗来迟。放假的前一天晚上，宿舍楼灯火通明，唱歌声、音乐声、嬉闹声以及打扑克牌的吆喝声……漫过窗户，飘向夜空。

517宿舍里只剩李剑、林大卫、胡运来在聊天，其他三位晚饭后便到俱乐部跳舞去了，每当放假前校俱乐部都要举办几场舞会。宿舍里的三个人显然对进入大学后的第一个暑假充满了遐想和向往。李剑说他准备在假期里去打工，一是想凑些学费，减轻母亲的负担；二是想锻炼自己，体验生活，了解社会。林大卫说他计划一半时间去旅游，欣赏山姿水色，轻松轻松；另一半时间练足球，准备在十月份校庆运动会上大显身手。

胡运来笑着说："我家乡还不富裕，乡亲们正在酝酿脱贫致富的法子，听说最近正在集资办工厂。我是村里第一位大学生，乡亲们对我指望很大，要我假期一定得回去，出谋划策，尽一点力量。"

"好！"林大卫竖起了大拇指赞叹说，"沧海横流，方显英雄本色！"三个人都笑起来。"唉，大学一年级已经变成了一个故事，我总有一种落叶满地，人去楼空的痛楚！"停了一会儿，林大卫又不无伤感地说。

"在我眼里，满目景致新鲜欲滴，整个世界才刚刚开始，前景正未可限量呢！"李剑干脆地说。

"是呀！"胡运来接着说，"这一年仅仅是一个开端，以后三年，随着时间的推移，就个人素质方面来讲，人与人之间的差别会越来越大，越来越明显，或因个性或因学识或因品德修养。我觉得大学时期正是一个人各方面趋向成熟的时期，想成为什么样的人，要达到何种水平，是一专多能、才华出众，或是庸庸无为浑水摸鱼，全在于自己了！"

窗外，巨大的银河横贯深邃的天空，显得气势磅礴，繁密的星星如同海水里漾起的浪花闪闪烁烁，跳动着迷人的光点。今夜星光灿烂！

舆论界闹腾得焦头烂额了，哪里还有心思谈什么‘体制’！”孟岩飞愤愤地反诘道。

“猛张飞，这就是你的不对了，从各种信息和迹象表明，中国足协肯定要有大动作，中国足球的振兴不会太远了，事实一定会证明这一点的。”于波肯定地说。

“我对中国足球始终抱有信心，就像对我们明天的比赛抱有信心一样。”林大卫说。

李剑看了下手表，挥了挥手说：“聘外籍教练、队员毕竟是权宜之计，足球的振兴最终还得依靠咱们中国人自己。好了好了，伙计们，该休息了，明天我们还要大拼一场，不能让球迷们失望！”

第二天的冠军争夺赛定于下午四点三十分开始。电子系的“猛虎队”身材高大，体力强，速度快，拼球意识强烈，连续三次夺得校联赛冠军，这次夺冠呼声依然很高，一个礼拜前电子系学生会已经趾高气扬地把“争取四连冠”的标语贴得满校园都是。经管系的“浪潮队”的资本是：技术全面，控制能力强，善于强行突破，门前抢点、射门意识好，并且精于斗智，擅长声东击西，避实就虚等，这次比赛夺冠呼声也很高。

下午两点左右，“浪潮队”悄悄开了一个小会，认为这场争夺赛关键是要打一个漂亮的配合，跑位和转移要迅猛和富于想象力，不但要争取强攻，还要智取，首先就要从精神上、气势上压倒对方，先声夺人。

周末下午没课，看台上的位置早早就被占满了，观众们比运动员还积极。对阵的双方都组织了强大的啦啦队，看台上扯起了大幅标语。下午四点钟左右，校广播室里突然播出一则启事：经管系“浪潮队”决定于即日更名为“武松队”。看台上一阵哗然，“武松打猛虎”，看样子今天“猛虎队”要输定了。“浪潮队”着实开了“猛虎队”一个玩笑。

双方队员开始入场了，全场一片哄笑声。当李剑、孟岩飞他们看到自己系的系主任、系书记及安琪、徐丽娅、左香雪等师生一个个端坐在看台上给他们使劲鼓掌时，越加精神抖擞起来。

比赛在一片掌声和呐喊助威声中开始了。“武松队”率先采取了大攻势，中卫童雷、王连宝准确无误地传球和中锋于波敏捷地运球过人，令“猛虎队”后卫一开赛便头痛起来。前锋李剑爆发式的速度和突破能力更是给“猛虎队”的后卫线造成了混乱。十二分钟时，“武松队”力破防线，孟岩飞一记妙传，李剑一脚开花，观众台上一下炸开了锅，叫好声震天撼地，安琪伸长了脖子使劲大喊：“李剑，加油！李剑，加油！”她感觉自己有生以来从未这样激动过，高兴过，大叫过。先夺得一分的“武松队”理应采取守势，但他们情绪激昂，攻势再增，力图扩大战果。“猛虎队”亦开始扩大防守，全力拼中场，并逐渐遏制住了“武松队”的攻势。三十七分钟时，“猛虎队”前锋一个劲射，球直飞球门，胡运来跃起前扑，把球压在身子下，“好，好，加油！”看台上一阵欢呼。时间在一分一秒地流走，“猛虎队”中锋终于摆脱了“武松队”防守，瞅准机会一个直射，球直冲球门，胡运来一个猛扑落空，球入网门。“乌拉”，看台上再度呼声撼地。安琪又紧张又着急，直搓手，徐丽娅气得直跺脚，左香雪也直伸舌头。“胡胖子，你他奶奶的真无用！”有人高声大骂，这时哨声响了，双方上半场战成一比一平。

中间休息时，胡运来一边喝饮料一边抹眼泪。

孟岩飞冲着他嚷道：“你哭什么，大丈夫赢得起输得起嘛！”

“有人叫我胡胖子，还骂我！”胡运来十分委屈。

“别在意，下半场咱们加把劲儿，踢赢了一定会有人大呼‘胖子万岁’的！”孟岩飞笑道。

“我讨厌他们在大庭广众之下叫我胖子！”胡运来低声咕噜道。

“扑哧”一下，正喝饮料的孟岩飞笑喷了。这时，系书记乐呵呵地走过来说：“大家踢得很好，我代表系领导和同学们感谢你们，希望你们再接再厉，为咱们系夺个冠军来！”

他拍了拍胡运来的肩膀亲切地说：“运来呀，不要伤心，不管胜败，踢完了球你们都到我家去，我请客！”

胡运来的眼泪又滑出了眼眶。系书记接着说：“你们技术占优势，并且运用流畅，但要注意把握攻防时机，胜利在望不等于胜利在握，‘猛虎队’实力强劲，不可轻敌哟！”

下半场比赛在观众的呐喊声中开始了。

这一次“猛虎队”求胜心切，先发制人，前锋、中锋、中卫，如猛虎般向“武松队”扑来，攻势如潮。“武松队”大门曾几度吃紧。“武松队”很快摸透了“猛虎队”的心思，严密防守，众志成城，顶住了“猛虎队”一次次的狂轰滥炸，尤其是林大卫左挡右阻，是一个难以通过的屏障。

开赛十五分，“猛虎队”也未能突破“武松队”布设的严密防线。二十分钟后，“武松队”开始发动反攻。于波的后卫助攻极具威胁，前卫孟岩飞活动范围大，动作力量强，特别是他的远距离传球，让对方喘不过气来，也为前锋李剑创造了许多射门机会。战线逐步逼到了“猛虎队”网前，比赛进入了白热化阶段。啦啦队开始狂呼乱叫，形势吃紧，场下观众恨不得自己上场踢一脚。二十六分钟的时候，“猛虎队”未能截断童雷一个威胁性横传，孟岩飞迅速插上去，一脚破网。“好球！”“噢，噢！”女生叫得比男生还凶，左香雪也甜甜地笑了。

接下来孟岩飞在运球时突然跌倒，左香雪的心一下揪紧了，她紧张地盯着孟岩飞，心怦怦地跳得厉害，只见孟岩飞在地躺了几秒钟，又一个鲤鱼打挺站了起来，全场一片掌声和加油声。

三十七分钟时，于波朝着林大卫一个巧妙的勾传，林大卫飞身射门，球直向对方门网飞去。徐丽娅激动地使劲儿鼓起掌来：“大卫，好样的，加油！”球打着横梁又弹了回来，惊得“猛虎队”守门员直冒冷汗。徐丽娅伸了伸舌头，做了个鬼脸。“武松队”愈战愈勇，“猛虎队”怎么也阻挡不住汹涌澎湃的“武松队”。其后卫线乱作一团，在终场前两分钟，童雷飞身铲球，接着一个漂亮的平射，“猛虎队”守门员措手不及，再次被“武松队”攻破城池。

比赛结束了，“武松队”以3∶1大胜“猛虎队”。

“武松队”队员们互相拥抱着、捶打着，欣喜若狂。经管系师生也一个个眉飞色舞，欢腾雀跃。

“猛虎队”则勾着头，默默地离去。看台上电子系师生有的扼腕叹息，作惨不忍睹状。有的坦荡大度：“胜败乃兵家之常事嘛！”有的则义愤填膺，大骂裁判不公，也少不了有几个英雄气短，挥泪而去的。

小小足球，牵动着无数学子的心，也搅得校园水波荡漾。

二

晚秋的时候，夜色便来得很早，刚吃过晚饭，夜幕便漫上来了。晚饭后，安琪、左香雪、徐丽娅一块来到校园北部的相思湖畔，沿着湖边窄窄的小石子路散步。相思湖实际只是一个大水塘，这颇具诗意的名称充分展示了青年大学生们的夸张和浪漫。这夜月明星稀，秋虫在湖边的草丛里很卖力地唱着歌，路灯透着橘黄色的柔柔的光，灯光在湖水里轻轻地荡漾。

“咱们班长李剑可不得了，勤勉能干，英俊潇洒，多才多艺，像一股强劲的风，像一团流动的火，实乃一白马王子也!”徐丽娅摆腔弄调地说。

左香雪乐了：“什么意思，你想追人家!”

“还能轮到本小姐，早被人抢走了!”徐丽娅故作惋惜状。

“谁?”左香雪亦故意装糊涂，实际上她也早已感觉到安琪和李剑的关系不一般。

“哎哟，我的傻小姐，你也太缺乏第六感觉了，除了我们的小天使安琪，哪个还能配获如此荣幸!”徐丽娅摇头晃脑地说。

左香雪一下子笑得前仰后合。早已羞涩得满脸绯红的安琪，嗔怒地追打徐丽娅：“你小女子乱点鸳鸯，小心嚼了舌头。”

三人嬉闹了一阵后，左香雪满脸狡黠地问徐丽娅：“哎，丽娅，你觉得林大卫怎么样?”

“他呀，整日埋在纸堆里，自矜自得，发几句牢骚怪话，放几声很玄虚很抽象的忧愁忧思之屁，又不能为文坛创造什么真正的价值。”徐丽娅虎脸龇牙地说。

左香雪笑得喘不过气来。安琪笑着说：“林大卫可是小有名气的校园诗人呀，人家还在全国大学生诗歌赛中获过奖呢！”

“会写几句歪诗有啥了不起，如果他写的那些大白话也可以称为诗的话，那么全国十二亿人都是诗人了。”徐丽娅依然满脸的不屑。

“算了吧，爱一个人往往会从恨他开始。足球比赛时你伸长了脖子喊‘大卫，好样的’，说明了什么？”左香雪这时也话不饶人。

“那是我看得起他！”徐丽娅抢白道，底气已明显的不足了，安琪和左香雪幸灾乐祸般大笑起来。“你们傻笑什么呀！”徐丽娅脸红着嗔怒道，不好意思起来。

“香雪，咱们班上的男生你最喜欢谁？”安琪问左香雪，满脸的认真。

“俺喜欢的人多了，问题是人家不喜欢俺，俺是农家女，是灰姑娘，哪个神经的会中意俺！”左香雪拉腔拖调地自嘲道。

徐丽娅乐了：“哎哟，哎哟，我们的香雪什么时候也学会谦虚了！”“真的，你们是城里人，我是农村人，这是有差别的！”左香雪温和地说。

安琪笑着说：“香雪，如今你也是城里人了呀！”

香雪听罢竟深深地叹了口气，自言自语似的说：“是呀，眼下我也终于挤进了城里人的行列，可是你们不知道，为了这一天，我跟我们全家乃至骨肉亲朋付出了多少汗水和心血，做出了多大的牺牲。我有今天不易呀，我吃的苦受的罪你们也许想都想不出来!”

这席话强烈地震撼了安琪和徐丽娅，她俩都深深地感到，以后更应千方百计地帮助、抚慰香雪。

一天傍晚，李剑挟着课本和笔记从阅览室回宿舍时，忽然看到安琪正站在一颗梧桐树旁。梧桐叶正大片大片地飘落，安琪四周落满了微微卷曲起来的灰黄的叶片。

“安琪”，李剑走过去叫了一声。

安琪回过头来：“噢，是你呀，吓了我一跳!”

“你怎么在这里?”李剑问。

“看书看累了，到这儿放松一下，这里很静!”安琪说。

“你好像有心事，安琪。”李剑微微一笑说。安琪没有吱声。

“我也有点累了，一起散散步好吗?”李剑又说，话语柔和而恳切。

两人沿着小石子路向相思湖走去。月亮已经高高地爬上了树梢，湖水在月光下很亮，像盖着一层银甲。湖畔很静，静得能听见树叶飘落的声音。俩人绕着湖默默地漫步，旁边小树林里有鹧鸪在叫啊叫啊，声音或长或短。在夜的朦胧中看不见它们，只听见声音起起伏伏。今夜的鹧鸪似乎出口便是诗，好像它们在恋爱。偶尔有鱼跃起，闪着亮光投进湖心，荡起层层涟漪。俩人沿着湖畔缓缓地走着，两颗心在林中、湖中、月色中，如林之悠悠、湖之摇荡、夜之空阔，无拘无束，无遮无拦。湖边不知有什么花在晚上盛开，经过那里的时候，飘来一阵阵的花香。

“安琪，你好像有心事!”李剑终于打破沉默，轻声说道。

“我只是刚才见到落叶，便油然升起一股惆怅！”安琪缓缓地说，李剑想起了《红楼梦》里那个葬花的林妹妹，他想笑，但忍住了。

停了一会儿，安琪柔柔地笑了笑说：“其实谁也没有真正去留意花是怎样凋零的，也没有哪一个真正去数一下地上的落叶有多少，可古往今来，总是有太多的人一见到花瓣，一看见落叶，就惆怅就伤感就寂寞入心。”

一颦一笑，油腻腻的娇气味，是不是天下的女孩都是这样。“天下本无事，女人自忧之。”李剑心里这样想，但却做出一脸的认真说：“我想这定是天之必然，人之天性吧！”

安琪看了看李剑，竟咯咯地笑起来。李剑被笑得莫名其妙。安琪似乎已经窥探出李剑的思想，笑吟吟地问：“你是不是感到我们女孩子都是些晓风残月、帘卷西风的婉约派？”李剑也笑了，不置可否。

“我们女孩总会以自身特有的细腻从万事万物中体味出一种氛围，一种意境。”安琪又喜滋滋地说。

“要命的是我们这些自恃为豪放的、悟性十足的男孩常常会昏头昏脑地掉入你们设计的这种氛围和意境中去。”李剑诙谐地说，两人禁不住轻声笑起来。

女孩的天空因其梦想而美丽，因其纯净而柔媚，因其丰富而完整，女孩的天空也许是男孩永远无法企及的圣殿。李剑想。

这时安琪弯下身抚摸着一朵盛开的野菊花说：“人只要用细腻的心去体会万象万法，即使从一朵花里，也能看到宇宙的庄严，看到美，以及不屈服的意志。”

“哦，这话说得好，很有悟性!”李剑深有感触地赞叹起来。

安琪直起身莞尔一笑：“这句话是香雪说的!”

“嗯？没想到整日默默无闻的左香雪还有这么好的灵性!”李剑满脸笑容地说。

“事实上香雪是个挺好的女孩，她自小就在大巴山深处生活，巴山蜀水培育了她善良勤劳的品德。她不善言谈且安静，喜欢用彩纸剪出各色各样的图案送给我们，也喜欢摘一束野花，插在装满水的瓶子里，放在宿舍的窗台上。有时，她还会用她那略拖尾音的方言给我们讲密林、梯田、奔流的山涧、飞奔的野兔。她总是争着把地板拖得光可鉴人，桌椅擦得一尘不染，我们随手乱放的书籍总是被她码放整齐……这些日常琐事她不习惯听‘谢谢’，她以她朴素的爱心、至善的性情、挚诚的胸怀感染着我们，使我们的宿舍充满了友爱和生机，我们都很喜欢她!”安琪沉浸在一种自豪和幸福之中，一口气讲了一大堆。

一丝不解掠过李剑的眉梢，他心目中的左香雪在班上总是默默无闻，整日低着头，穿着朴素的衣服匆匆来去，大眼睛里流露着与她年龄不相称的郁郁寡欢的神情。“我发觉左香雪在班里总是显得很孤僻，不肯在人多的地方多停一分钟!”李剑轻声说。

安琪垂下眼皮，黯然道：“这与她的性格及家庭有关。她家很清贫，家里极少给她寄钱，她只是靠为数不多的助学金生活，她有些自卑!”

李剑像被什么猛击了一下，一脸沉思，双眸流露出中年人才有的沉重和沧桑：“唉，左香雪是个应该快乐的女孩，我们以后应该尽心尽力地帮助她，让她感受到阳光、欢乐和友谊的温馨。”李剑像是在自言自语。

安琪已经恢复了平静，她和颜悦色地说：“你说的我们都已经做到了。现在我、香雪、丽娅在一块儿吃饭，我和丽娅想方设法让香雪少拿伙食费。一开始香雪死活不答应，但在我和丽娅的努力下，她后来也只好‘投降’了。我们三人无拘无束，无话不谈，经常一块儿去逛街逛商店，好得如亲姐妹一般，香雪只要与我俩在一起，总是很快乐、很风趣的。”

李剑满眼深情地看着安琪，心底像漫过一股甜蜜的甘泉。他喜欢的就是安琪的这种表里如一的美丽和善良。安琪发觉李剑在目不转睛地看她，脸便红起来。

“有些人天生是需要不断向人倾诉的，我大概就是属于这一类。”安琪勾着头，喃喃地说。

“因此，有些人天生是需要有滋有味地听别人倾诉的，我大概就属于这一类。”李剑风趣地说，两人都深情地笑了。

过了一会儿，安琪神秘地说：“哎，李剑，你发觉没，林大卫与徐丽娅挺那个的，他俩以后肯定有戏！”

“话说得可不能太绝对了，感情这东西，只有双方都有一种感应，才能达到心灵的沟通。”李剑说。安琪扑哧一下笑了。

“你笑什么？”李剑问。

“你好像很有经验似的！”安琪柔情地说，李剑不好意思起来。

夜风轻柔地拂动着树叶，发出低微的沙沙声。圆圆的月亮很调皮地挂在当空，宛如美玉。平静的湖面，浮起一片柔和的银光。李剑止步，深情地看着安琪，轻轻地把她揽到自己怀里，仿佛怕碰破一件稀世珍品似的。他抱得很轻，他们脸对着脸，靠得那么近。安琪从未感到过的一种男孩的热气猛然地飘洒在她脸上，使她倍感甜蜜，又加剧了心跳。这时只听李剑柔声地说："安琪，我爱你！"安琪眼中似有泪光在闪，她伸手抱住李剑的脖子，把头埋到他的怀里，口中喃喃低语："阿剑，阿剑，我爱你……"他们互相紧紧地拥抱着，初恋的幸福似决口的洪水奔流着。这时，李剑一只手揽住安琪，另一只手轻轻地托住她圆润的下巴，在她丰满的唇上吻了起来，这吻是那样热烈、那样密集，如同串串盛开的海棠花。夜色绵绵，心在狂跳，爱在膨胀，世界在缩小、消失，只剩下这一对沉浸在初恋幸福中的青年男女。

当李剑怀着初恋的喜悦回到宿舍时，见只有孟岩飞一个人坐在床头翻一本《大学生》杂志。李剑便把左香雪的情况向孟岩飞讲述了一遍。半夜醒来，李剑发现上铺的孟岩飞翻来覆去还没入睡。"是因为左香雪吗？"李剑心里想，他早已隐隐约约感到孟岩飞在暗恋着左香雪，男孩的心底同样也有一片属于自己的天空啊，而且男孩比女孩更善于深藏自己的情感。他有点后悔不该把左香雪的情况告诉这个朝气蓬勃、善良憨厚的孟岩飞，让他平添一份忧郁。唉，人世间啊，最不可思议的是感情，最不可丈量的亦是感情。

三

大二下半学期，517的六名学子已各有千秋了。李剑在学习上成绩优秀，生活中以身作则，从每一件小事做起，从每一个细节开始，严格要求自己，锻炼自己，每一个脚印都朝着那个伟大而激动人心的目标靠近。四月，他终于在明媚的阳光和鲜艳的党旗前，庄严宣誓，加入了中国共产党，实现了他向往已久的目标。胡运来选修了计算机课，一有空闲时间就往计算机房里钻，他私下说毕业后准备回家乡大干一番，振兴家乡得靠真功夫，电脑这玩意到时候用得着。孟岩飞与足球难分难舍，被选入校队，课余大部分时间都在如火如荼地踢足球，准备迎战市大学生运动会。于波和童雷面对愈加汹涌的市场经济大潮和校园风靡一时的“经商热”整日感慨万分，酝酿着生意经，也准备“下海”一游。林大卫的作品在校报上、《大学生》杂志上经常可见，还获得了全国小小说征文二等奖。可现在他却闲得发腻。他看到同学中有的连英语四级都没考过，一篇总结也能写得面目全非，他对自己感到很满意。

一天，林大卫和李剑坐在宿舍里漫无边际地闲扯。林大卫感悟道：“我原来的一切努力和些微的成果，只是源于从众的本能、潜在的虚荣，全然不是使命感的召唤，因为别人过了四六级，所以我也要通过。我发表文章得大奖，也只是为了表明自己才华横溢，堪称才俊而已，我觉得我一直是自己把自己哄得忙忙碌碌的。”

李剑吃了一惊，他满眼狐疑地盯着林大卫，实在不相信这席话是出自林大卫之口。

“你老盯着我干吗?”林大卫问。

“我对你刚才的话感到震惊，大卫，我觉得你现在有点缺乏使命感和责任感，这可是我们大学生最起码的素质呀!”

“阿剑，别故弄玄虚，你说怎样做才算具备了使命感、责任感？”

“举个简单的例子吧，前几天向‘希望工程’捐款，左香雪条件那么差，还积极捐了二十元钱，这已相当于她一个星期的生活费了。可你倒好，仅捐了十元钱，还嘟嘟囔囔，你家庭条件好，又有稿费收入，还整日地往饭馆里跑……”

没等李剑把话说完，林大卫便摆了摆手不耐烦地说：“我之所以到饭馆吃饭，是因为学校伙食太差，这是事实，明摆着嘛！”

李剑有点动气了：“假如你觉得伙食太差，老是下馆子改善生活，久而久之，生活也必将会改变你，使你变得贪婪而庸俗。”

“哎，李剑，话说得可不能太绝对了！”林大卫生气了。

李剑马上意识到自己刚才的话有点重了，他轻拍了一下林大卫的肩膀，诚恳地说：“对不起，老伙计，我的话重了点，我的意思是，你目前的思想或者思绪角度有了问题，至少是有了消极因素。”

“这是你的偏见，”林大卫说，“现在，在大学里，60分和100分几乎是一样的，学业上不少学生都不求上进，毕业分配尽管各有各的见解，真才实学者也不再那么悲观，但还是谁有关系网谁就有戏，这都是事实明摆着。况且我并不同于那些单单为混一张文凭者，我做的也并不算差。”

“是的，大卫，你说的现象是存在的，但它绝不是主流，更不能成为你愤世怨人，耗费青春的理由呀，志向高远、不懈奋斗的人，是无论如何也不会有生活无聊、没有意义的想法和结论的。”李剑言辞铿锵、掷地有声。

“对生活、对人生、对社会，我应该有我自己的看法，这是我的自由，何况这种看法是一名成熟的大学生的看法，不是那种孩子气的毛头小子的看法！”林大卫愠怒涌动。

“你自认为你是成熟的，自认为诗歌与哲学素养让你对社会对人生有了超年龄的思考。事实上许多方面你还显得不足，甚至是错位的，这在一定程度上引起了你的危机：信仰危机、追求危机、情感危机，等等！”李剑也有点怒气冲冲了。

林大卫嘴唇翕动了好一会儿，才又缓缓地又像是自言自语地说：“想想这几年来我活得好累呀，这是别人难以理解的。自从与文学结缘后，我就把自己深深地藏起来，不去影院，不下舞池，连他妈的星期天到郊外转一圈的渴望也放弃了，心中总是想着书中的话，想着那些文学前辈的话：要甘于淡泊，要甘于寂寞，要宁静才能致远，要……于是就老老实实地坐下来，啃书本爬格子，坐在屋里活在前辈们的话语里，走在外面又活在世人的目光中。可我自己呢？到哪里去了？为了别人我做自己想做的事要小心谨慎；为了别人我得说出自己不爱说的话；为了别人我和自己喜爱的女孩在一起要躲躲闪闪；为了别人我活得装腔作势、碍手碍脚，我简直要被别人活埋了！”林大卫有些泪光闪闪，“我承认，我近来是消极了，是对社会失望了，我的一些想法、一些观念连我自己都觉得很可笑很荒谬，可责任不在我，在于社会……”

李剑似乎按捺不住怒火了：“你还挺委屈，总是把责任推向他人和社会，怨天尤人，而不认真地检讨一下自己。命运既然为你提供了接受高等教育的机会，就要加倍珍惜，就要进取，为何顾忌别人的眼光和舌头？为何要装出少年老成的样子？一个风华正茂的大学生，却老气横秋地哀叹人生、社会，扮成看破红尖的道学夫子，不负责任地糟蹋青春，并且总以为高人一等，是好汉是精英，看不起社会、瞧不见他人，孤芳自赏，悠闲自得。这除了让人感到你的可笑和浅薄之外，又有什么益处呢？”

林大卫愣愣地看着李剑，泪水夺眶而出。良久，李剑缓缓地柔和地说：“对不起，大卫，我有些激动了！”

“不，”林大卫抽泣着说，“你是对的，你是为我好！”

“大卫！”李剑眼睛也湿润了，“别把自己藏在方格和文学堆里，我也喜爱文学，文学更需要灵感和生活气息，明天咱俩一块到海边的林子里去踏青好吗？”

“好的！”林大卫点了点头。

“好了，大卫，别伤心了，到校园里散散心吧！”李剑拉着林大卫说。

两人一起下了楼，绕过图书馆走到操场上。操场上新画的跑道线，白白的，一圈一圈静静地环绕着。两人沿着跑道肩并肩地慢慢走着。“大卫，刚才我们俩争论得很凶呢！”李剑说。

“相互沟通，相互探讨，开诚布公，直言不讳，我喜欢这样！”林大卫淡然一笑说。

“对，‘君子坦荡荡，小人长戚戚’嘛！”李剑笑着说。

“我近来的确太放纵自己了，但心灵深处也很苦恼！”林大卫说。

李剑微微一笑说：“记得有位哲人说过：生活中有苦恼也有欢乐，是苦恼总缠绕着你，还是快乐溢满你全身，这全取决于你自己。我想，一个人最好是不欺骗别人，也不自我欺骗，正所谓‘多情分不狐疑，无隐伏不瞒骗’。”

“我原来总以为自己很潇洒很了不起，可以指点江山，激扬文字，粪土万户侯，现在我明白了，这只不过是一种顽固的自欺，掩耳盗铃罢了。”林大卫自嘲道。

“‘牢骚太盛防肠断，风物长宜放眼量！’”李剑说，“在茫茫人海里，是成为崛起的小岛，还是成为无垠的大洲，还是永远沉寂于海底？一丝雄心都没有的人，注定一辈子只能平庸。我的意思你一定明白吧！”林大卫点了点头，心底漫过一条清溪。

“阿剑，我现在应该怎么做呢?”林大卫诚挚地问。

“大卫，不要以为什么时候都有足够的机会和时间去做你想做的事，拖得太久了，真的就来不及了。你文学功底好，专业成绩也好，又能说一口流利的英语，将来定是个了不起的人才。所以现在你更应抓紧时间学习，并且要多深入生活，写出一些思想上进有深度有力度的作品，振兴校园文学，还要不断提高思想水平，积极向党组织靠拢，争取早日入党！”李剑又语重心长地说。

一种久违的激动在林大卫年轻的血管里流动，是呀，在这个歌如海花如潮的年代，我们应该在属于我们的时间和地方毫无顾忌地展现自己，只有这样我们才会更广袤、更深邃、更斑斓、更迷人、更热烈啊！林大卫暗暗下定了决心，要重新扬起风帆，大干一番。

林大卫眼睛有些湿润了，他握紧李剑的手，激动地说：“阿剑，谢谢你了，从你这里，我得到的总是信心和向往！”

两只云雀从操场边的梧桐树上鸣叫着直冲云霄，并且越飞越高，越飞越远。

四

刚进入大学的那种新鲜感随着时间的流逝越来越淡漠了。很多人流露出了大学生中常见的那种空虚、懒散和郁郁寡欢的情绪。企管班上课时，便有人在偷偷地看小说、杂志，也有学生干脆昏昏欲睡，教室里弥漫着被太阳晒热而散发出的松针和蔷薇花的气味，只有少部分同学在这样暖和的令人懒洋洋的环境里双眼盯着黑板，认真听课。

一天中午，李剑和胡运来吃过午饭回到宿舍，见于波和童雷编了一副对联放在桌子上："打一个呵欠伸两个懒腰叹三口气半日过也，吃三顿饭逛四趟马路上五节课一天过完矣。"两人还苦思横联，孟岩飞和林大卫也来凑热闹。孟岩飞凑的横联是："风景这边独好。"林大卫写的是："要知道伤心总是难免的。"四个人一致要求李剑、胡运来也凑一横联。李剑随着写道："莫等闲白了少年头。"胡运来是班生活委员兼517寝室室长，学习刻苦，进取心强，又心直口快，他最讨厌无病呻吟、不思进取，他挥动毛笔也凑上一横联："几只苍蝇碰壁嗡嗡叫。"这一下517可炸开了锅：大学生到底意味着什么，面临着什么？什么才是大学生的人生归宿？大学生如何实现自我价值？六个人各执己见，争论不休。最后胡运来大声说："只要我们还有精力在这里高谈阔论、长吁短叹，就说明我们还没有足够的责任感、使命感，付出的也还不够，很不够！"他的这句话及“丁零零”骤响的上课铃声成了517这场争论的结束语。

作为一班之长，李剑对近期班内出现的各种消极情绪很不安，他打算在班里成立一个“思想政治学习小组”，并抽时间邀请校党委主抓思想政治工作的杨副书记及德育处的几位老师来班里开个座谈会。下午课结束后，李剑把班委成员召集到一块开了个小会，他把自己的这些想法向胡运来等几位班委谈了，立即得到了班委们的大力支持。第二天上午，李剑在班里宣布了班委会的决定：在班内成立“思想政治学习小组”，大家共同学习，互相交流，并在月底邀请校有关领导、教师开一个思想座谈会，大家谈谈心，统一思想认识，力求把班风搞得有生机、有朝气。他的话立刻得到了全班同学的热烈响应。

走出迷津和苦恼，重新寻找大学生崇高的人生归宿和历史坐标点，这也正是每一位大学生的心声。

仅一周，企管班借阅“马思原著”“毛选”“邓选”等书籍的学生猛增。宿舍里那些花花绿绿的时装杂志，装订华丽的爱情小说在减少。“寻找毛泽东”“学习邓选”“研究马恩原著”在企管班里很快形成了一种声势。你如果走进他们的生活，就会被这种朝气吸引。这种声势对某些学生观念、情绪的转变起了很大的促进作用。

五月，电影《焦裕禄》在俱乐部先后放映了四场，场场爆满，许多大学生一边看电影，一边流泪，一位老教授激动地说：“大学生热爱焦裕禄，追寻焦裕禄精神，这是我们民族的希望，中国的希望啊！”S大学生们茶余饭后谈论的话题，更多的是焦裕禄深入群众、解决群众实际困难的实干精神；焦裕禄廉洁奉公，不肯多吃国家几斤米的公仆意识；焦裕禄为了送一个普通大学毕业生，徒步追赶火车洒泪话别的质朴。

焦裕禄是一个真正的共产党人。

焦裕禄成了大学生心中的一面镜子、一把尺子。

新一代“焦裕禄”将站立起来，历史终将会证实这一点的。

五月末的一个下午，企业管理班教室里挤满了人，有坐着的、有站着的；有本系的，也有外系的。椅子围成一圈，校党委杨副书记及德育处的两位教授坐在学生们中间。

杨副书记首先请同学们先谈谈近阶段读书、学习的感受。

孟岩飞第一个发言，他说：“近期的学习使我深深体会到，真正高档次的生活是人的精神生活。作为一名大学生如果不经常充实新知识，就不可能发展自己的智慧；同样道理，如果不经常反思总结自己的思想、行为，就不可能走出自我设计的小圈子，不可能改变‘天之骄子’的‘娇气’与‘骄气’。”

“我也深有感触，”童雷接着说，“一个人能否自觉前进全在于他能否增强和发扬优良品质，同时也看他能否克服自身缺点。”

安琪理了理额头的几丝乌发说：“我们大学生渴望成材，但为什么一遇到挫折就感到困惑，一碰到不尽如人意的事就觉得失落？我终于在青年毛泽东身上找到了解决问题的答案，他那种自觉革命的精神、顽强的毅力以及自我思想改造的动力，来源于对祖国和人民的高度责任感，来源于他自始至终把自己和人民群众结合在一起的求实精神。”

于波清了一下嗓子，说：“在此之前，我和许多同龄人一样，感到迷惑，感到很累，现在我明白过来了，一个人在年轻时会碰到或多或少的挫折，如果无法战胜这些挫折，那么将一事无成。”

“我很赞同于波的看法。”胡运来紧接着于波的话音说，“一个有雄心壮志的人，总是把旺盛的精力放在重要的事情上，而决不会让挫折与失意打搅他心灵的安静。毛泽东青年时代也有过困惑、挫折和失意，但他坚定地走出来了，最终成为一名伟人!”

“生活中肯定会遇到许多烦恼和挫折的，但这与历史压在我们这代人肩上的重担相比，就显得无足轻重了!”左香雪两腮挂着红晕，轻声细语地说，在人多的地方她一说话脸就红。

林大卫说：“我最近读了《车尔尼雪夫斯基全集》，其中有一段话对我触动极大，大意是‘一个男孩子不养成独立参加社会事务的习惯，不具备公民感，长大了成为中年男人而后成为老年男人，然而成不了男子汉’。我认为，如果一个人不参加社会事务，缺乏公民的责任感，那么剩下的就只是自私自利。”

德育处的一位老师接着话音说：“对，一个人从青少年时代起就应培养自己对社会负有责任的正确观点，因为这信念将决定，他为自己选择哪一部分劳动去造福于社会，并且还决定他在选择职业时，是考虑社会利益呢，还是从谋私利的个人主义着眼。一个追求进步乐于奉献的民族，将永远是一个繁荣昌盛的民族。反之，一个民族如果被个人私利冲昏了头脑，那么它必将走向衰亡和解体。同学们可以发现，在历史上千古流芳、传之久远的是崇高的民族精神，在历史上被人民永远追念的，是高尚无私的杰出者。所以我提醒同学们，当下，一切的畏缩、彷徨、失意、挫折都十分渺小，人生只有不懈地努力，才能取得辉煌的成就!”教室里一片掌声。

李剑发言说:“我觉得,只有热爱祖国和人民,把自己的知识、精力凝铸于国家和人民的事业中,才能真正成为一个脱离低级趣味的人,一个纯粹的人,一个高尚的人,才能找到永恒的快乐和幸福。”接着他翻开日记本说,“最近,我读了《杜勃罗留波夫全集》,其中关于爱国主义的说法我十分推崇,他说:‘真正的爱国主义不应表现在漂亮的语言上,而应表现在为祖国、为人民谋福利的行动上。’”

徐丽娅等几个同学也纷纷发了言,大家的谈话都发自肺腑,触动心灵深处。杨副书记十分欣慰,他说:“你们是跨世纪的一代,任重道远,你们的机会还很多,肯定也会遇到不少困难,但你们不要畏惧。人们常说伟大的力量是因为伟大的思想而产生的,我想人最可贵的是思想、意志上不能垮下来,最可悲的是失去理想。一个人若是没有一个强大的精神支柱,恐怕是经不住考验的。”接着他要同学们再谈谈看了电影《焦裕禄》后的感受。

“焦裕禄事迹给我们大学生提供了许多现实的思考,”一位胖胖的男生说,“我们终将踏入社会,做一个什么样的人,人民才欢迎?焦裕禄给了我们很好的启示,你如果不关心老百姓日常生活中的难事,不解决他们现实的疾苦,你是大学生也好,研究生也好,群众不会欢迎你!”

胡运来说:“焦裕禄曾说过,‘群众喜欢的党不喜欢吗?群众反对的党能赞成吗?’我就佩服他的这种从心底里与群众打成一片的精神!”

李剑接着说:“焦裕禄完成的是一个共产党人的自我设

计，他的行为告诉我们，一个共产党人最崇高的自我设计是为人民服务！”

童雷激昂陈词：“焦裕禄使我想到，如果我们追求的价值不深深根植于人民利益之中，那么我们的自我设计必然是浅薄的和自私的，这不应该是一个大学生的自我设计！”

接着又有几位同学积极地发了言，教室里气氛十分热烈活跃。杨副书记亦显得十分激动，他很兴奋地对这次座谈会作了总结，他说：“今天大家的谈话很好，很深刻，连我都被感染了。一个人向往什么，追求什么，是他高尚与否的显著标志，我希望同学们都有个健康的个性和崇高的人生观，有一个快乐而有意义的人生。

“现在有些同学不是热衷于谈论社会上的一些腐败现象吗？‘再光中兴业，一洗苍生忧’，作为一个对自己国家、民族有责任心的知识分子，看到风险、有忧患意识，这当然是正确的，但是应该注意到，这种腐败现象毕竟是少数，绝不是整体，并且也是暂时的，长久不了。对于这一点，我们应该有客观冷静的估计，有全面、公正的判断，何况我们党已经和正在采取各种思想的、行政的、法律的手段加以解决！如果过多地强调社会之阴暗面，无休止地发牢骚，则只能让自己失去良知，甚至背离航向。事实上在各条战线上各个领域里，优秀的好党员和好干部还是占主流的，我们社会上不是也先后涌现出了许许多多像雷锋、焦裕禄、孔繁森这样的好党员、好干部吗？

“我们要富民强国，就必须培养出一批有思想深度、有坚定信仰、有高深知识和实践能力的现代化人才。我认为，当代大学生必须具有四全：一是全感——‘以天下为己任’的历史责任感和振兴祖国的崇高使命感；二是全景——胸襟开阔，目光远大，眼观全球，不拘于一块小天地；三是全色——兴趣广泛，生活多彩，开朗乐观；四是全才——有一专多能、博学多识、学兼中西的文化素质。车尔尼雪夫斯基也曾说过这样一段话：'未来是光明而美丽的，爱它吧，向它突进，为它工作，迎接它，尽可能地使它成为现实吧！'我想以这段话与大家共勉。

"未来的几十年，你们将成为国家的主人，要去振兴国家，开创时代，你们能不能胜任呢？现在任何人的任何评论都为时过早，但我们完全有理由相信，你们这代人一定会竭尽全力，用自己的奋斗来写下你们光辉的篇章的！"

他的讲话被一阵最热烈的掌声淹没。

第四章 火红的年华

一

大二学期期终考试结束，李剑便开始留意S市日报及晚报上的招聘广告。暑假开始的第二天，李剑便按晚报上招聘广告指示的地址，找到了位于市中心的四星级新友谊大酒店。接待他的是酒店总经理——一位四十余岁姓王的中年男性。他微胖，戴着近视镜，文质彬彬的样子。他身旁还端坐着一位外籍雇员玛丽小姐，黄头发、白皮肤、蓝眼睛，眼睛眨呀眨的，很逗人喜爱。李剑先作了自我介绍，并把自己的简历递了上去。王经理一脸的严肃，似乎并不把这位名牌大学学生放在眼里。玛丽小姐则十分热情，她笑容可掬地问："先生，你为什么要申请这份工作？"汉语说得十分流利。李剑坐在她对面，笑一下说："因为我想挣些学费以减轻家庭负担，而且可以锻炼自己。""你到宾馆来做事，你可知道宾馆有些什么部门？”

“有保安部、餐饮部、人事部、客房部……”李剑还没说完，就被打断了。紧接着又问了一些别的问题，最后玛丽说：“李先生，请你过去将那份杂志拿给我。”李剑一怔，当即明白这是要看他的风度了。他站起来非常文雅地走去，将杂志拿了来。玛丽又问：“这里各方面的要求都特别严格，甚至近于苛刻，你能适应吗？”

“这正是我所希望的。”

“你会说英语吗？”

“我会，但不是非常流利。”

接着玛丽用英文提了几个酒店服务的常见问题，李剑用英文对答如流。

玛丽非常满意，王经理脸上也绽开了笑容。他和蔼可亲地说：“我们这里并不太看重学历，只注重实际能力，我们很欢迎大学生来这里打工。大学生有素质、有修养，又有一定的英语优势，当然对于你们而言，也可以在这里学到很多知识，得到很多锻炼。像你这样英俊、文雅又有相当外语水准的男孩，去西餐厅是再合适不过的了。我们还需要签订一个合同，你每天薪金为四十元，如果有迟到早退等违纪现象按酒店有关规定处理。当然只要你是勤奋和努力的，虽然只在这里两个月，仍然会得到加薪机会的。中途甲方无理中止合同，要向乙方赔偿相当于其应得薪金两倍的违约款；乙方无理中止合同，则只能领取应得薪金的50%。这里我们是甲方，你是乙方，你——明白吧！”

李剑微笑着点了点头。“好！”王经理把合同递过来。李剑又将合同仔细地看了一遍，确认无误后，他在上面认真地签了字。接下来，李剑被安排在西餐厅当接待员。他勤勤恳恳，热情细致，尽职尽责，除了干好本职工作外，哪怕是扫地、倒垃圾之类的活他也愿意帮着干，在他心里充满着一种浓厚的责任感和成就感。

一天上午，李剑正在柜台前热情地为顾客服务，胡运来风尘仆仆地找到了他。

李剑吃了一惊："胖子，你不会是从天上掉下来的吧！"

胡运来满头是汗，喘着气说："无事不登三宝殿，想劳你大驾帮我个忙！"李剑递给他一杯冷饮认真地说："什么事，说吧！"

"我们村集资办了一个工厂，可管理、技术、经营都跟不上，目前处在半停产状态。乡亲们都急坏了，这可是乡亲们用自己的血汗钱集资办起来的呀，是乡亲们的命根呀。他们现在都眼巴巴地指望着我，可我一个人又忙不过来，能力也有限……"胡运来说着说着泪珠便滚了出来。李剑的心被深深地震撼了，同窗两年来，他还是第一次见到胡运来掉泪。这个刚强的小伙子，军训时期那么苦那么累，他也没叫过一声苦，掉过一滴眼泪。而现在，为了父老乡亲，却掉泪了。

李剑果断地摆了一下手说："别难过，运来，你的意思我明白了，你先等我一会儿，我很快就来！"

说着李剑转身向楼上跑去，他一口气跑到六楼，气喘吁吁地敲总经理室的门。

玛丽小姐拉开门，见是李剑，高兴地叫道："噢，我们的大学生先生！"王经理正与两位当班经理谈话。

李剑走过去："对不起，经理先生，我必须辞去我的工作！"

王经理很惊讶："嗯？是因为酒店待你不周吗？"

"不，不，不！"李剑急忙说。

"那为什么呢？昨天你还干得很好呢！"王经理的双眉拧成了一条线。

"来自乡下的一个同学刚才找到我，他们的村办企业遇到了困难，他希望我去做点什么，我想那里更需要我！"李剑认真而急促地说。

"可是你只在这里工作了十天，依照合同只能付给你薪金的50%，这对于你本人是一个损失呀！"王经理和气地说。

"我已顾不得这些了！"李剑扬起眉梢回答。

王经理不再吱声，他提笔在一张卡片上写了些什么，然后把卡片交给玛丽小组，又扭头对李剑说："请你在接待室稍等片刻，玛丽小姐马上会与你结账的。"

李剑在接待室还不足五分钟，玛丽小姐就过来了。她把钱交给李剑很风趣地说："大学生先生，希望能再见到你，祝你好运！"

李剑接过钱一点，竟有六百元，他又敲开了经理室的门。

王经理抬起头问道："怎么？还有什么事吗？"

"王经理，你把账搞错了，我在这儿干十天，按合同规定只能得到两百元，就是全发也只有四百元，可你给的是六百元！"李剑说。

"没有错的，因为你的理由充分，故不能按50%发放而应全发，另外两百元是从我这个月薪金中扣除的，送给你和你的同学做路费，算我的一点点心意，收下吧，不要再多说了，希望明年暑假你仍来这里工作！”王经理语重心长地说。

“谢谢！”李剑的泪水差点滑出了眼眶，赶紧转身迈出门口。

李剑离开后，玛丽小姐大惑不解地问王经理：“经理先生，李剑为什么放弃这不错的收入而到乡下去呢？”

王经理感慨地说：“对于国家命运的深深关注，以身许国，是我们中国知识分子最宝贵的品格，这种爱国主义情感，也是我们国家有文明史以来一以贯之的，成为我们极为宝贵的精神财富，这些你也许永远也理解不了。”玛丽耸了耸肩，做了个鬼脸。

李剑匆匆忙忙地下了楼，与前台的几位职员道了别，便和胡运来一块儿走出了酒店：“对了，运来，你怎么知道我在这儿？”

“是你妈妈告诉我的，我一下汽车便去了你家！”

“还叫林大卫和孟岩飞吗？”

“叫，一定叫，多一个人就多一份力量，多一份智慧！”

“看样子你是兴师动众来了，还叫安琪吗？”

“安琪？唉，算了，农村条件差，吃住都不方便，一个姑娘家去了挺别扭的。”

“就是想叫安琪我们都不知道她家在哪儿呢，哎，运来，你吃早饭了吗？”

“没哩，在你家时你妈让我吃饭，可见不到你我哪吃得下！”

李剑跑到路边快餐店里买了两盒快餐，递给胡运来。“怎么都给我，一人一盒嘛！”胡运来说。

“我已吃过早饭了，我知道你是大饭量，在学校三个馒头下了肚还嚷着饿呢！”李剑微笑着说。

“哎哟，真乃知我者阿剑也！”胡运来乐呵呵地说。

待胡运来把盒饭吃完，李剑才问道：“你们工厂主要生产什么？”

“太阳能转换器，现在农村冬天时兴蔬菜大棚。有时冬天阴天太多棚里的蔬菜日照不足，产量总不理想。这个问题已困扰农民好多年了。我们生产的太阳能转换器可以在晴天吸收光热，阴天再释放出来，完全可以解决这个问题。目前我们村仍还处于试制阶段……”

“你先坐电车去我家，让我妈提前做午饭，我去找大卫和岩飞，咱们四人一起在我家吃完午饭就动身去你那里，怎么样？”李剑说。

“好吧，”胡运来兴奋地回答，“不过到我那里，可纯粹是去吃苦的，没有丁点福气可享，也不浪漫，他们俩哪个不乐意去也不要勉强！”

“这是什么话？”李剑不高兴了，“他们俩哪个不是敢闯敢干的料，你还能不了解！”

“对，对，算我刚才失言！”胡运来忙不迭地说，眼睛眉毛都笑了。

李剑找到林大卫和孟岩飞，三人迅速做了分工。李剑去书店购买有关太阳能及其利用的书刊，林大卫和孟岩飞到市科委找亲戚、找熟人借一些有关的技术资料。当他们三个匆匆忙忙地赶到李剑家时，李剑妈已做好了午饭。胡运来见他们三个背着一大包书刊资料，忙问是干什么用的。“全是有关太阳能的参考资料呀！”孟岩飞回答。

“哎，李剑，你妈妈不是太阳能研究所的工程师吗？”林大卫轻声问。“是呀，怎么把这茬给忘了！”李剑顿悟道。

这时李剑妈妈笑吟吟地从厨房走出来说：“运来已把情况跟我谈了，我会全力帮助你们的。不过，主要还得靠你们自己钻研哟！”

“放心吧，阿姨，我们不破楼兰绝不还！”林大卫信誓旦旦地说。大家也都笑起来。

下午一点左右，四个人坐上大客车兴冲冲地出发了。四个多小时后到了一座小县城，再转乘一辆机动三轮车沿着一条狭窄不平的乡间马路，颠簸了近一个小时到了一个集镇上。林大卫和孟岩飞大呼坐车坐得屁股痛。胡运来一路上都在眉飞色舞地介绍沿途一些并不太引人注目的景致，讲一些发生在乡村的新奇事。三轮车驶入集镇的大街后，开始放慢了速度，缓缓而驰。街道两旁虽无高楼大厦，但也不时冒出几处两三层别致的小楼房，几家音像商店不停地播放着舞曲和摇滚歌曲，吵得人烦躁不安。今天正好赶上一周一次的集市，街上人来人往，熙熙攘攘。

“哎哟，可到地方了！”孟岩飞从座位上站起来，躬着身捶了捶腰说。

胡运来笑起来：“想得美，还有六七里路呢！”

“哎哟，我的妈呀，这下我们哥儿仨可被胖子害惨了！”孟岩飞一下子又瘫坐在座位上，看着孟岩飞狼狈不堪的滑稽相，李剑和胡运来都乐了。林大卫则一直趴在简陋的车窗上满怀新奇地向外观望着，像是在寻找写作灵感。

“哇，”林大卫忽然兴奋地叫了一声，发现新大陆似的，回过头来拉了一下半躺在座位上的孟岩飞，眉开眼笑地说，“我发现乡下的女孩一个比一个漂亮，要比城里的那些浓妆艳抹的女孩俊多了呢！”“是吗?”孟岩飞一下子又来了精神，也伸长了脖子向外观望。李剑、胡运来忍不住哈哈大笑起来。

三轮车开到一个简易的小车站，便不走了。四个人下了车，一股热浪夹杂着一种干燥的尘土味迎面扑来。孟岩飞咳嗽了几声，擦了擦额头的汗问胡运来：“我说胖子呀，接下来这六七里坐‘11路’吧！”胡运来一笑说：“放心吧，我老胡决不会让兄弟们徒步的，村里会派师傅开专车来接的！”说完他便伸长了脖子四下张望。突然他兴奋不已地大叫起来：“刘玉兰！刘玉兰！”几乎是同一时刻，不远处一位穿着浅红色连衣裙的姑娘也热烈清脆地欢呼起来：“运来！运来……”

胡运来一阵风似的跑了过去，两人在那边比手画脚，兴高采烈地交谈着什么，看样子是既热烈又投机。

“她是谁?”孟岩飞问。

“还能是谁，瞧那亲密劲儿，一定是胖子的心上人！”林大卫诙谐地说道。

“别瞎猜！”李剑笑着拍了林大卫一下。

只见胡运来又一溜烟地跑了过来，他兴奋地背起地上的行李包，招呼三位同窗：“走，到那边坐车去。”

“哎，胖子，她是不是你女朋友?”孟岩飞一边走一边问，他心里藏不住话。

胡运来一下脸红起来：“胡扯，我与她的关系可是纯洁的呢!”他这一句话把另外三个给逗得开怀大笑。胡运来也抑制不住心底的兴奋笑起来。

到了女孩面前，李剑、林大卫、孟岩飞才发现，所谓的司机师傅就是这位与他们年纪差不多的姑娘。所谓的专车也不过是一辆挂着一个小车斗的农用四轮拖拉机。车斗里放了五六把小木椅子，算是座位了。这个叫刘玉兰的姑娘薄薄的嘴唇，一说话便会露出并不洁白的牙齿，细细的眼睛，一笑便会眯成一条线。最引人注目的是她那对又粗又黑又亮的辫子。姑娘见到三个陌生人，便满脸红云，局促不安起来，手脚都不知道往哪里放好了。胡运来则十分老练地将三位同窗一一作了介绍，然后便笑眯眯地介绍他的这位女同乡：“她叫刘玉兰，我高中的同学，我们村的女主任兼村办工厂技术科科长，第十二代领导人!”李剑他们三人禁不住哧哧地笑起来。刘玉兰脸更红了，她嗔怒地横了胡运来一眼，然后又垂着眼皮羞羞答答地说道：“别听他瞎扯，俺、俺啥也不懂。”

“至少懂得开这辆小四轮车吧，不然我们再推着它走，那可就更惨了!”孟岩飞狡黠地说。四个小伙子开心地笑起来。刘玉兰也忍不住甜甜地笑了。笑完，刘玉兰扬起眉柔和地说：“我代表我们太阳能转换器厂全体员工及金龙寨全体村民，欢迎你们光临指导。”

“哎哟，这可不敢当，我们到这里是来接受锻炼、‘劳动改造’的，应先感谢你们给了我们这样一个难得的机会才对呢!”林大卫笑吟吟地说。

大家又开心地笑起来。

二

刘玉兰十分熟练地驾驶着农用四轮车在乡间土路上奔跑着，耳边能听到呼呼的风声。她红色的裙裾像云朵一样飘展抖动，一双长长的发辫随风飞扬，辫梢系着的两个红彤彤的蝴蝶结也随着飘舞起来，像一对嬉戏的红蝴蝶，一种成熟的纯朴的温馨的女性美在阳光下荡漾。

夕阳西下，小四轮车终于拖着一溜尘烟驶进了一个村子——金龙寨。一进村口，他们便看到路两边挤满了黑压压的人群，四轮车在人群里欢快地停了下来，人群里马上响起了“噼噼啪啪”的鞭炮声，林大卫故作惊讶地问胡运来：“这是干什么，娶媳妇？不能呀，哪有傍晚才结亲的！”

胡运来乐了：“这是欢迎你们三位呢，这是最高级别待遇呢！”“哎哟，我的妈呀，这么多人欢迎我，我还是第一次享受呢，还真是有点脸红心跳呢！”孟岩飞颤悠悠地说。

“快下车呀！”李剑推了孟岩飞一把，四个人纷纷下了车。村支书、村主任等五六个村干部疾步走过来，大家相互握手寒暄，又由胡运来一一作了介绍，周围群众也微笑着，好奇地打量着这三个城里人，尤其是孩子们，瞪圆了眼睛看。一行人簇拥着谈笑风生地向村办工厂走去，村支书是一位事业心强、敢闯敢想敢干的四十多岁的庄稼汉，眼瞳里深藏着兴奋和忧郁，孟岩飞问他：“厂里现在情况怎么样？”这位支书兼厂长意味深长地笑了笑说：“你们来了，就好办了！”四位大学生顿感重任在肩。

大学生一进驻厂里便开始全心投入工作，经过三天多的实地考察和研究，并综合各种信息、市场状况，他们提出，太阳能转换器确实是农村菜棚里急需的设备，市场潜力极大，金龙太阳能转换器厂要想生存、壮大，首先必须抓紧时间攻克技术难关，尽快使产品试验成功并投入批量生产，迅速占领市场；其次要严把产品质量关，并加强广告宣传，积极参加县市举办的一些有影响的产品交易会和商贸恳谈会等，以扩大产品影响和知名度；最后建议厂里还要打破单一生产太阳能转换器的框子，在开发生产拳头产品的同时，因地制宜地生产一些投资少、见效快的其他产品，如用麦秆编制草帽、手工艺品等。“路子”确定下来，全厂上下一片沸腾，士气大振。

接下来，厂里召开全体员工大会，进行生产动员和工作分工，李剑、胡运来、刘玉兰带着几名技术骨干，进行技术攻关；孟岩飞负责产品销售及市场调查预测；林大卫主抓生产，严把质量关；村支书、村主任等几位村干部及厂有关领导负责原料供应及后勤工作。

市场调查显示，现代社会生活中，对以麦秆等编制的手工艺品、装饰品，消费者不仅要求款式新颖，而且还要求色彩漂亮，雅观别致。在大学生们的建议下，厂里又专门成立了花色小组，由孟岩飞负责，专门研究色谱，预测流行色。经过分析研究，他们对各种工艺品、装饰品的颜色进行了认真的分配，针对北方人室内装饰喜欢素雅清淡色彩的特点，他们推出了“粉红”“淡蓝”“翠绿”等花色；根据南方人室内装饰喜欢热烈明快的特点，他们开发了“天蓝”“翠红”“米黄”等花色。

与此同时，太阳能转换器的技术攻关也在紧锣密鼓地进行着。李剑、胡运来、刘玉兰等一批技术人员日夜查资料、做实验，一个个详尽的方案，一个个精工细制的模型，一个个燥热难当的夜晚，延续一个个胼手胝足的晨昏，他们披星戴月，废寝忘食，简直达到了忘我的地步。村里又开办了夜校，每周抽出两个晚上，把村里的年轻人召集起来，由四位大学生轮流讲解科技、营销、金融等方面的知识，以提高村民素质。从早晨到晚上，从农舍到车间，金龙寨到处都洋溢着愉快的前所未有的歌声和欢笑声。

一天晚饭后，夕阳西下，劳累了一整天的李剑、胡运来、孟岩飞、林大卫四个人沿着村前的小河，一边走一边随意地聊天。田野深处，小河尽头，太阳洒下一堆堆血红的晚霞，伸着半个脑袋，依依不舍地向小河的这边张望，四个人踩着河堤上那层柔软的小草，细细地品味着这红艳艳的傍晚。林大卫忽然看见远处的一棵老柳树下，一位穿着红色连衣裙的女孩正静静地依在那里，眺望着如血的晚霞，像是在思索着什么，远远望去，像一朵红云。“好一幅‘小河落日倩女图’呀！”林大卫感叹道。胡运来望了一眼很有把握地说：“是刘玉兰！”“她一定在约会，在等她的心上人！”孟岩飞一本正经地说道。“放屁，绝对不可能！”胡运来愤愤地说。“胖子，你急什么，我话还没说完呢，人家说不定等的就是你呢！”孟岩飞狡黠地说。

林大卫和李剑都忍不住幸灾乐祸地笑起来，胡运来脸涨得通红，木讷了半晌也没说出一句反诘的话来。

李剑拍了一下胡运来的肩膀笑吟吟地说：“去吧，这几天她好像真有什么心事，交流交流思想没有什么坏处。”说完拉着林大卫和孟岩飞嘻嘻哈哈地走开了。

胡运来又愣愣地站了一会儿，才慢悠悠地向那棵老柳树走去。

刘玉兰正依着那棵弯弯的老柳树想心事，她是一个十分要强的姑娘，两年前经过“黑色七月”的一场奋战，没能挤上独木桥，但她并没一蹶不振，落榜后，她便以一腔火热的激情，投身于家乡的经济建设。她认为自己及这块土地上许许多多没考上大学的学生，不是因为没有努力，没有天赋，事实上这些学生并不比城市学生差，而是因为这里太贫穷太落后，落后的教学设备，落后的师资力量，落后的信息，使他们这里一茬一茬的学子饮恨七月。而刘玉兰的理想就是要振兴家乡，建几所现代化的学校，造福后代。

可是，在激烈的市场竞争和经济大潮中，农村及村办企业的困难和障碍更多，步履艰难。潺潺的河水流过黄土地，流进心底，积沉着她深深的忧伤。

胡运来轻轻地走近刘玉兰，看着她那凄然的样子，心里一阵发酸，他像做错了事的孩子，小心翼翼地立在老同学的旁边，木然地陪着她。

刘玉兰终于发觉了他，她冲他抿嘴一笑：“你怎么也来这儿了，你的三个同学呢？”

“他们出来转了一圈回厂里了！”胡运来面红耳赤地答道。

“他们能适应这儿的生活吗？”刘玉兰又问，她似乎并未在意胡运来的窘迫。

“没问题，他们都挺能吃苦的，何况三位清一色全是乐观主义者，刚才还感谢我给了他们这个接受磨砺和显露才识的机会呢！”胡运来逐渐恢复了平静。

“太谢谢你们了，你们给金龙寨给村办工厂带来了生机和希望。”刘玉兰诚挚地说。

“这话就见外了，谢他们三个可以，谢我可就不妥了，我也是在这片土地上长大的呀，振兴家乡也有我一份责任嘛！”

停了一会儿，刘玉兰闷闷地说：“我真恨自己没能考上大学，落得个志大才疏，干什么都觉得力不从心。”

“你可以上函授参加成人高考或自学考试嘛。唉，事实上考了大学又能怎么样，成功的路何止一条，考上大学并不意味着成功，改革开放犹如大浪淘沙，大学生如果不思进取，目空一切，也会被时代所抛弃！”

“可大学生毕竟还是大学生呀，他们总有许多令人羡慕的地方。”刘玉兰仍固执己见。

“不要认为大学生很神秘都是天才，马克·吐温曾说过：‘大学不光是培养天才的地方，也培养白痴。’事实也已经无数次地证明，在需要生产力造福于人的地方，真才实学远比一纸文凭更受青睐！”胡运来说得很快很急，说完后长长地喘了一口气。

刘玉兰“噗”的一声笑了：“看把你急的，我也并未把你们大学生都看成神呀！”胡运来也不好意思地笑起来。

好一会儿，刘玉兰又缓缓地说：“我热爱家乡，但是要吃多少苦要怎样地奋斗，才能够让它美丽和丰饶呀。建厂近一年来，我们拼死拼活，费尽心机，可还是收获甚微！”刘玉兰眺望着远方，声音低低的、幽幽的。

“在这个世界上，没有人能获得胜利的专利，也没有人能逃避失败的可能，只要你把握好时机，保持对未来美好生活的向往，即使现在遇到困难、挫折，终将能克服，会成功的！”胡运来深情地说。

“谢谢你的鼓励！”刘玉兰说，泪水猛地蒙住了她的眼眸。

此时此刻，两颗心是相通的，痛苦也是相通的，刘玉兰双眸溢满了泪水，眼睑低垂着，睫毛颤动着。但是有那么一瞬间含泪的眸子朝远处一闪，胡运来吃惊地发现，那泪水深处，燃烧着怎样的信念和坚韧呀！

夕阳慢慢地坠入天边那片由红渐蓝的晚霞里，两人沿着一条乡间小路慢慢地向厂区走着，河道里一片蛙鸣声，这是一个美丽的仲夏之夜。

胡运来看着刘玉兰轻声说：“玉兰，为了这个工厂，为了乡亲们，你一定吃了不少苦，受了不少委屈吧！”

“吃苦倒谈不上，就是有时候感到很委屈，不被别人理解的委屈。”

她泪光盈盈地投向远处碧绿的田野和郁郁的小树林，似乎有许许多多的难以述说的酸甜苦辣要倾泻而出。“不过，我已经学会了在痛苦中提炼快乐，在失望中把握希望。”

胡运来觉得自己眼眶里禁不住也有泪水在滚动：“玉兰，在这个世界上，有许许多多的像你一样的人，弯下腰劳动，挺起胸做人，像高高的白杨，像青青的木棉，无声地装点着数不尽的春夏秋冬，我所尊敬、挚爱的也正是这样一种人！”

刘玉兰泪水扑簌簌地滚落下来，她顿时觉得只有与胡运来在一起，她才能放松一下负荷超重的精神压力，才会有发自内心深处的欢悦，才会无所顾忌地把她的痛苦、她的压抑、她的烦恼、她的企盼展示出来。

“不要难过，玉兰。有志者事竟成，我有一种预感，像你这样好的姑娘，将来肯定会有一个美好的未来！”胡运来一边说着一边用手帕轻轻地为刘玉兰拭去泪花。

一种被人深爱的温暖和感动一点点地在刘玉兰心底弥漫开来，连空气中都含着一种清爽香气，夏夜清爽的风在轻轻地吹拂着，她和他都感到了对方的炽热。

“谢谢你！”她柔声呢喃，一双明眸真诚得叫人心里发痛发颤。

“谢什么！”他轻声细语，饱含深情，目光火一般烫人。

两颗炽热的、充满憧憬的心，两对凝住的、充满爱意的目光，把两个火热的生命联结了。初恋的潜流带着朦胧的温馨，带着羞赧的愉悦，悄然充盈在以后的一段时光里：车间、食堂、实验室、办公室，两人见面时那会心的一笑，洗涮时她无言的热心，缝补时她静默的细腻，都是一种灵魂深处的语言。人群里，刘玉兰双眸星光般闪耀，笑声清泉般流淌，身影青柳般活泼。而胡运来更加沉稳，更加自信，干起工作更加火热，指挥起劳作更加显出男子汉的果决与成熟。双方都没有说爱，双方都意识到爱，双方都默默地憧憬着、酝酿着、牵挂着。

经过近一个月的艰苦努力，尤其是在李剑妈妈的大力帮助下，金龙牌太阳能转换器终于试制成功。这种产品能够在晴天吸收阳光并蓄存光能，在阴天、雨天释放出热能，这就一下子解决了长期以来困扰农村菜棚的问题——菜棚遇到连阴天（尤其是冬天），会因低温而减产。

一个阳光灿烂的日子，李剑、林大卫、孟岩飞、胡运来四个人带着太阳能转换器的样品和厂里生产的一大批手工艺品、装饰品返回市里。他们先将这些用麦秆编制而成的精致、高雅的手工艺品、装饰品送到几家商场试销，然后又赶到太阳能研究所，李剑妈妈与她的同事们认真地对样品做了鉴定，认为产品质量合格，建议金龙厂投入批量生产并申请专利。第四天当他们正要返回金龙寨时，吃惊地发现，他们试销的工艺品、装饰品已被抢购一空了，一下子获得了近万元的纯利润，几家商场都争着与他们签订货合同，他们欣喜若狂，得胜而归。

金龙厂很快将太阳能转换器投入大批量生产，同时招聘本村及周边村庄的富余劳动力，扩大手工艺品和装饰品的生产量。林大卫大显身手的时候终于来了，这位生产科长制定了一系列的“车间工作制度”“质量管理细则”，完善生产工艺，各道工序层层把关，定岗定位，责任到人，生产中谁出问题谁负责，这也是他一直推崇的“铁腕管理法”。工人们发现这位文质彬彬的书生竟一下子变得“狠”起来，不管是谁——年轻的或年长的，姑娘或小伙，谁生产上稍有失误就要返工，就要被剋一顿，甚至被罚款。不久，带着产品参加市夏季商品博览会的孟岩飞又传来了捷报，金龙牌太阳能转换器在博览会上一炮打响，荣获博览会金奖，客户纷纷要求订货，第三季度、第四季度及明年上半年订货量一下子被订满。没几天，从市里再传佳音，市太阳能器材开发公司及两家中型农机制造厂都有意与金龙厂联手，尤其是市太阳能研究所下属的太阳能开发公司，在李剑妈妈的努力下，决意与金龙厂联营，成立集团公司，并向“金龙”投入资金、技术、先进设备，力促“金龙”扩大生产量，形成规模，占领国内市场，并进一步开拓国际市场。孟岩飞已代表厂里与它们签订了意向书，市太阳能开发公司很快就要派代表来金龙寨考察并签订联营合同书。金龙寨人一下子迎来了他们做梦也梦不着的良缘佳机，全厂全村、里里外外、上上下下、老老少少一片欢腾。

金龙人刚刚有钱，便集资准备修一条像样的柏油马路，“要想富，先修路”嘛。开工那天，县长亲自来剪彩，并亲手给村支书、刘玉兰及四位大学生戴上了大红花。

金龙寨沸腾了，金龙寨人沸腾了，金龙寨上了报扬了名，金龙寨人也上了报扬了名，幸福对于金龙寨人来说似乎已经唾手可得了。

三

暑假即将结束，李剑、孟岩飞、林大卫、胡运来要返校了，四个人都明显地黑了、瘦了，手上磨出了一层茧，背上晒脱了一层皮，但他们脸上却洋溢着安详、成熟和收获的喜悦。在这短短的五十余天里，他们洒下了心血和汗水，迎来了收获与希望，这是一次真枪实弹的青春创业演习，他们圆了金龙寨几代人的梦想，他们深感欣慰，很有成就感。

告别金龙寨返校的前一天晚上，月明星稀，河水静静流淌，几只水鸟在河道的芦苇荡里婉转地唱着歌，李剑、孟岩飞、林大卫、胡运来、刘玉兰沿着河边小路缓缓悠悠地散步。

“你们大学生，确实比一般的人更为优秀，你们有知识、有能力，乐于奉献，奋发向上的精神给我留下了深刻而美好的印象！”刘玉兰真挚地说。

“对于我们而言，在这里通过实践，我们所学的知识也得到了更好的发挥和运用，当然，我们做得还远远不够！”孟岩飞微笑着说道。

“生活是人生最好的教科书，是取之不尽用之不竭的思想、理论源泉。这次我们深入农村，看到的是默默耕耘、辛勤劳作的村民。语言上的巨人、行动上的矮子，这几乎是我们大学生的通病，可淳朴善良的农民，不会慷慨激昂，不会高谈阔论，却知道用切实行动，用一颗赤诚之心去表达对脚下这片土地、对国家的热爱，农村确实是一片广阔天地，是锻炼人、激励人、教育人、培养人的良好场所。”李剑深有感触地陈词道。

“是呀！”林大卫接着说，“通过这五十余天的艰辛工作，我们从村民身上汲取到丰富的精神养料，过去我对农民对农村的一些路线方针政策有着一种误解，不了解国情便妄加点评，而且牛劲十足，现在想起来真有点好笑，我真正地感悟到过去我思想的贫瘠和肤浅。现在我明白了，我过去诸多的困惑和肤浅，恰是因为我缺乏这种深入实际的意识和探索精神！”

“对，大卫说得好极了！”李剑又接着说道，“要了解国情、了解民情、了解党的路线方针政策，了解人民群众的喜怒哀乐、衣食住行，不深入基层、不深入群众是不行的。作为跨世纪的青年，作为大学生，我们更应该进一步充实自己的思想，锻炼自己的能力。”

“对，我们要想无愧于历史，无悔于青春，想成就一番事业，就必须树立坚定信念，到农村去，到基层去。”一直沉默的胡运来激动地说道。

“要是全国大学生都能深入农村、深入基层，掀起一场持久的讲吃苦、讲奉献的高潮，那将是何等的热烈辉煌呀！”孟岩飞感慨道。

“听了你们的话，我很感动，我看到了希望所在，真的！”刘玉兰略显激动地说。

“农村要振兴经济，首先必须依靠科技，另外必须开阔视野，增强开放意识。如华西村、南街村等已充分地证实了这一点。”林大卫说。

“唉，我只恨自己太笨太没出息了！”刘玉兰垂下眼皮黯然地说。

“事实上在我们心目中，你刘玉兰可是一位女强人呢！”孟岩飞一本正经地说道，“你办事果断利索有魄力，值得人敬佩。”

刘玉兰的眼睛亮晶晶地笑着，大家也跟着笑起来。

几颗明亮的星星眨呀眨地挂在树梢上，它们似乎也在笑。

告别金龙寨返校的这天上午，烈日当空，已走到尽头的夏季依然坚持着它的炎热和喧闹。在金龙寨村口一棵粗大的老柳树浓浓郁郁的树荫下，金龙寨的村民们热情洋溢地为即将离开的四位大学生演出了几场地方戏。树荫下时而锣鼓交加，时而二胡伴唱，周围掌声阵阵，那欢愉的气氛浓得不能再浓了，四位大学生端坐在人群中间，此时此刻他们被感动了，被一种力量征服了。在纯朴、欢乐的村民身上，在他们钦慕的眼神中，李剑他们感受到一种清晰的责任感，一种炽热的、催人的力量，“猛志逸四海，骞翮思远翥”，理想和信念都在热烈地攀缘着金色的阳光生长舒展。

第五章 绚丽的彩虹

一

岁月悠悠，大学三年级在喧闹中悄悄地来临了。

一天上午，徐丽娅拿着一本泛着油墨味的新杂志心不在焉地翻着。徐丽娅的座位在林大卫前面，与林大卫只隔着一排座位，她常常会拿杂志在课间翻看，并翻得很响，两眼有意无意地向林大卫这边诱惑地扫描，企望林大卫会注意她，并且心有所动。徐丽娅知道林大卫最喜欢看课外书刊，当徐丽娅正心神不宁的时候，林大卫果真踱到她身旁笑容可掬地问她看的是什么杂志，徐丽娅轻柔而又略显不经意地说，是一本《大学生》，他们的话题往往就从这些小事深入开来。“呵，这杂志不错。”林大卫兴奋的声调颇富感染力，使得徐丽娅也活跃起来，她轻快地问他：“很值得看吗?”

“那当然。”林大卫脸上洋溢着笑容，“它几乎是一个窗口，我们可以通过它看到社会和我们自己，社会又可以通过它看到我们和他们自己。”

“你的话真有意思，你想看吗?”她微笑着问他。

“哦，不，你看完了我再看!”他也微笑着。

“我已经看过了!”徐丽娅笑着把杂志递过来。

其实她才刚看不足五分钟，林大卫很欢喜地接住杂志，顺手翻了一页，扫了几眼，点着一首诗柔和地说：“这首诗写得不错，是关于爱情的!”

徐丽娅脸上泛起了红晕，一向伶牙俐齿的她面对林大卫大胆的话题显得笨嘴拙舌起来。

午后，孟岩飞与几个同学在宿舍楼后面的草地上踢足球，他突然发现左香雪正静静地坐在不远处的草地上发愣，便走了过去。“怎么，想家了?”孟岩飞温和地问。

“有点!”左香雪理了理额头的乌发，脸上泛起两晕潮红。

“想家是一种不分昼夜的病，四季流行。”孟岩飞笑吟吟地说。

“你也成诗人了!”左香雪扑哧一声笑了。

“哎哟，终于有人也说我是诗人了，这句话我企盼很久了呢!”孟岩飞在左香雪旁边轻轻地坐下来乐呵呵地说。

“香雪，我发现你总是很宁静，喜欢和小草和风和阳光做灵魂的呢喃!”孟岩飞诙谐地说。

左香雪柔媚地笑了，她嘴唇翕动了几下，最终没有出声。停了一会儿，孟岩飞又微笑着说：“我很欣赏你的性格，顽强、上进、勤勤恳恳，真的!”

“是吗?你可很会奉承人呢!”左香雪抿着嘴笑了笑，她今天似乎也变得健谈起来，“这与我的生长环境有关，我生长在大巴山区，父母亲都是农民，我还有一个妹妹两个弟弟，由于家境贫寒，我八岁才上学，放学后还要去放羊去割草去挑水。我就是在这样一个非常贫寒的家庭里长大的，也许是从父母身上，使我学到了一种不怕苦的精神，从懂事起，我就觉得做人就要像个做人的样子！”

“与你相比，我们这些被父母供养着的城里孩子只有羞愧脸红的份了！”孟岩飞做一本正经状。左香雪格格地笑了起来：“孟岩飞，你现在变得越来越乖了，全然没有了横刀立马的猛张飞的影子了！”

孟岩飞不好意思地挠着头皮笑了笑。“也谈谈你的家庭好吗？”左香雪温柔地说道。

孟岩飞扬起眉梢说：“我家是普通干部家庭，经济状况中等，我有一位哥哥，膀大腰圆，是位足球守门员。在家里我因是小的，自然受宠，但哥哥总不买账，于是我便总寻衅与他打架，可跟他打架，每打必输，每输必哭，每哭必告爸妈，每告爸妈必各打五十大板，于是我就绝食抗议，有时实在饿了，便想为什么要自己苦自己，自己跟自己过不去呢？不吃白不吃，便又吃上了。这种游戏一直玩到高三。上大学后，我觉得那时的我真是又无赖又狡猾，居然会用这种手段来威胁父母，愚蠢而可笑，我的所有这些缺点皆是因为当时年纪小才得以被家人原谅。”

左香雪笑了，看得出，她是发自内心的欢欣。笑过一阵后，左香雪说：“你呀你呀，你是小的，当然可以调皮可以撒娇，也不需为过错寻找借口。我可没这福气，我是老大，有什么委屈只能吐在日记里，比如说我哭了，我会写两三页老天爷呀，你太不公平了，最后，再挤几滴眼泪滴在本子上，似乎只有弄得墨水洇开了才可显示出悲哀，现在回想起来很是好笑。”

两个人一边笑一边聊，太阳温柔地爱抚着他们，两颗心都在欢愉中倾听到了各自的灼热。

晚饭后，安琪、左香雪、徐丽娅一块儿坐在大操场边的草坪上说起了悄悄话。

徐丽娅抱怨说：“林大卫那小子特怪，每当我与他说话的时候，他两眼就总是平视着远处，并不看我。我觉得他是故意要做出心不在焉这种样子来的，我于是也很想用清高去反击他，想装成一副爱理不理的样子来，可惜我常常做不到！”

左香雪眉开眼笑地调侃道：“真是江南女子自古多情，若人家心里没有你的位置，你千万不要冒冒失失地从一个角落闯入。”

徐丽娅叹息说：“问题是我总也管不住自己这颗不安分的、寻寻觅觅的心，它总爱时不时地探进某个人的心里去窥探一下我在他心中的位置。”

“你觉得林大卫对你如何？”安琪狡黠地问。

“鬼才知道！”徐丽娅嗔怪地说，“每次与他聊天，他对我的看法不说对也不说不对，只是笑……”

“有时候一个微笑能赢得整个世界呢！”左香雪打趣道。

徐丽娅横了左香雪一眼，继续说：“奇怪的是，与他在一起，我并不讨厌他脸上那两粒时隐时现的‘青春痘’。”

“我的妈呀。”左香雪大惊小怪起来，“丽娅，你那么清楚，一定是捧着人家的脸数了数吧！”

“胡说！”徐丽娅开始含羞带嗔地追打嬉笑不止的左香雪，安琪已笑得喘不过气来。

一阵嬉闹后，徐丽娅说：“现在本小姐要向二位姐们儿提问题了，二位必须从实招来，不准耍花样。安琪，先说你，最近与李剑有什么戏？”

“没有呀！”

“滑头了不是，今天早晨你们俩还在相思湖旁边约会。”

“什么呀，那只是偶然相遇了，我早上爱到湖边听英语，那里很静，他好像喜欢绕着湖跑步。”

“那李剑笑眯眯地凑到你身边嘀咕什么？瞧你们俩那亲密劲儿，就差没一冲动拥抱接吻了！”徐丽娅刨根问底地追问。

“哎呀，你坏呀！”安琪尖叫了一声擂了徐丽娅一拳，羞得面红耳赤。

左香雪也在一旁幸灾乐祸地叫道：“安琪，还不从实招来！”

到了这地步，安琪只得尽力挑一些不含浪漫情调的话题来应付：“也没什么秘密，他只是说，他和孟岩飞、林大卫暑假到胡运来家乡去了，在那里苦干了五十余天，把一个濒临倒闭的工厂救活了。厂里的领导昨天给学校写了一封感谢信，校长很惊喜，把他们四个请去使劲地赞扬了一通，还要在全校表扬呢！”

徐丽娅顿悟：“我说这四个家伙过完暑假怎么一个个全成了‘黑炭头’了，原来是这样！”她说完一转身抓住正听得发愣的左香雪问：“哎哟，我的香雪小姐，那个猛张飞给你写情书没有？你们俩是不是偷偷约会啦！”

左香雪拨浪鼓似的摇着头，脸羞得通红：“没，没有，你可不能瞎说呀，我与他无话可说。”

徐丽娅猛击了一下掌，眉开眼笑起来：“这就对了，无话可说，实际上是说明你们俩正在进入无声胜有声的境界！”

二

打扮得花枝招展的徐丽娅很快便找到了夕阳下合欢树旁正等着她的林大卫。前来赴约的路上徐丽娅觉得心中汹涌着一闸洪潮要倾泻，来到林大卫面前的时候，她已两颊飞红，浑身燥热。林大卫定定地望着她，眸子里充满着甜甜的爱意。徐丽娅觉得似乎有许许多多的话要向林大卫倾诉，可一时又说不清也不知从何说起了，两人会心地、幸福地相视一笑，绕着相思湖默默地缓缓地转了一圈，就来到校园西面的围墙下。墙上爬满了青青的丝瓜藤，有黄黄的花朵缀在其间，除了小虫嘤嘤地吟唱外，四周一片寂静。

林大卫一只手撑在徐丽娅头顶的墙上，摆出一副很亲热很浪漫的样子，那撑开的手臂很像一棵大树的枝干为徐丽娅遮阳，徐丽娅惬意地恍惚起来。恍惚中，她发现头顶上的手移下来，落在她裸露的肩上，滚烫滚烫，徐丽娅惊了一下，那手很快滑落下去，她怯怯地抬起眼，林大卫的目光火一般烫人，他怔怔地、幽幽地盯着徐丽娅漂亮的脸和润泽的唇。良久，他终于有点掩饰地把眼光调开了去，说：“这地方真好！”声音颤悠悠的。徐丽娅也略感失望地把眼光掉开了去，但心一直怦怦地跳得很快，内心深处有一种东西跳跃燃烧。

她知道那是奔涌着的压抑不住的爱情，她心里有一种炽热的想攀住林大卫的肩膀吻他的脸和唇的渴望。

一种燥热的令人头昏、冲动的感觉渐渐升起，并且越来越浓厚越来越炽热，四周一片静寂，静寂得没有一丝细小的声音。林大卫似乎能听到自己耳道血管里的血流奔突声，他尽力克制着想亲吻徐丽娅的冲动，他感到自己绷直的身体快要坍软了，一张嘴嗓子里就会喷出一团火来。

夕阳慢慢地躲到了一幢楼房的后面，几抹晚霞在天上飘荡着。良久，林大卫突然弓下身，拉着徐丽娅一道并排坐在草坪上，他热乎乎的胳膊紧贴着她坦露的胳膊，问："你爱写诗吗？"

她淡然一笑："我这水平，能读懂诗就很不错了。"

他开始低着头，漫不经心地玩弄着一片草叶，半晌不再说什么，后来他猛地抬起头，平视着前面相思湖里微波荡漾的湖水说："我写了许多爱情诗，却总不知道寄给谁！"眼睛里流露出一丝淡淡的忧伤。她盯着他的眼，先有点可怜他，后来怦然心动，情不自禁地伸出手去揽他，当触到他胳膊鼓鼓的结实的肌肉时，他们俩都吃了一惊，蓦然，转过脸来互相看着，他在微微颤抖，她的眼眸里流淌出了无限的柔情，他们都静止不动了。她很希望发生点什么，但心里又怯怯的。

这时一群学生吃过晚饭嬉闹着到相思湖畔来散步了，林大卫突然看到左香雪也正向这边走过来，他迅速地贴近徐丽娅的耳根说："一会儿我在图书馆门口等你！"徐丽娅惶然地点了点头，林大卫已经匆匆离开，步子很慌乱。徐丽娅一个人呆坐着。她有点奇怪自己为什么突然变得愿意服从一个男孩了，而且十分认真。

四周的天空开始被夕阳映成暗红色，相思湖周围的林荫道上有了阵阵的喧闹声，而围墙下、丝瓜藤旁却是安静的、温柔的、富有诗情画意的。徐丽娅正在心里埋怨林大卫为什么不再多待一会儿，左香雪已经出现在她面前：“你怎么傻在这里？得相思病了？一起回宿舍？”

徐丽娅只好悻悻地随着左香雪向宿舍楼走去。

匆匆地吃过晚饭，徐丽娅避开了安琪和左香雪，精心打扮了一番，蹦蹦跳跳地跑下楼，那快活的样子，似一只飞出巢去寻找幸福的小鸟。她先一步来到图书馆门前，很快林大卫也急急火火地走了过来，远远望去似一头春风得意的雄鹿。

两人肩并肩沿着一条林荫道缓缓地走着，两个人影一会儿长一会儿短，灯光、星光交融着漾在路面上，水一样波动、清明。他们绕过喧闹的操场，穿过林荫路，拐进一条偏僻小道，走入实验大楼后面的一片草坪上。今天是周末，阅览室和教学楼里灯光忽明忽暗，闪闪烁烁，显然读书的人少了，远处俱乐部里则灯火辉煌，不时飘出音乐声和欢笑声。

虫儿在草丛中轻轻弹琴，月儿在云朵里悄悄游走，这是一个十分迷人的夜晚。林大卫开始热情奔放地挽住徐丽娅的胳膊，徐丽娅温柔地依偎着林大卫宽阔壮实的肩膀，她已经整个儿地陶醉在他的温情之中了。

好一会儿，她扬着眉毛柔声地问：“大卫，你将来会当诗人或作家吗？”

他垂下眼帘，温和作答：“我的理想仍然是当一名高级企业管理人员，企业管理和文学似乎毫不搭界，可现代科学的发展使人日益专业化了，但它并不能保证人的全面发展，而文学却可以充实人的精神生活。”

“那经济与文学到底哪个重要?”她一脸傻气。

他几乎是点着她的鼻子尖笑吟吟地说：“小傻瓜，经济与文学同等重要，就像物质文明与精神文明同等重要一样，经济是生活，文学是情趣，先有前者再有后者。搞经济与弄文学相比，前者生动，后者寂寞；一个动态，一个静态。或动中求静，或静中求动，进行的方法不同，便会有不同的满足感!”

“你说得真好!”她身子朝他靠了靠，轻声地呢喃。

“是你问的问题很有趣!”他也甜蜜细语。

他开始用手轻柔地、小心翼翼地从背后拥住她的肩膀，她则顺从地就势倒伏在他怀里，背紧紧地贴住他温暖的胸脯，她闻到了男孩身上特有的气味。他似乎激动起来，轻轻地抚摸着她的肩膀和头发，体会着女孩的温柔和温馨。一片云遮住了月亮圆圆的脸，远处传来了喧闹声，俱乐部里的联欢会已经结束了，喧闹过后，夜便静下来，只有近处小树林里偶尔传来几声小鸟的梦呓，整个世界都闭上了眼睛。他想把她揽紧一点，他触到了她上身柔软的地方，于是他忘情地使劲揽住了她的腰肢，久久地盯着她的眼睛，她也娇喘吁吁，凝视着他的脸膛，眼睛蒙眬。终于他们有点不顾一切地扑向对方，一切的拘谨都熔化在这燃烧的青春烈焰之中，他们吻向对方，吻得那么深、那么甜，静寂的夜发出幸福的含混的呻吟，世界甜蜜得快要背过气去了。

圆圆的月亮终于又钻出了云层，乳白色的月光柔柔地泻下来。林大卫和徐丽娅依依不舍地向公寓楼走去。

徐丽娅轻悄悄地打开宿舍的门，轻轻地走进宿舍，屋子里是室友们均匀的轻微的鼾声和几抹清明的月光，室友们一定都在做着各自绚丽多彩的梦吧，她想。月光透过窗纱柔柔地泻进来，将宿舍映得半明半暗，徐丽娅揭开自己的蚊帐，猛地发现床上躺着一个人，她吓了一跳，细一看是安琪，这时安琪也被惊醒了。“回来了！”安琪轻声地、迷迷糊糊地问。“嗯！”徐丽娅柔媚地一笑。“以后不要回来这么晚了，让姐妹们担心。”安琪又轻声说道。温暖漫过徐丽娅全身，她感激地点了下头，安琪打了个哈欠，回到她自己床铺上，很快又睡着了。徐丽娅躺在床上，回味着刚才和林大卫在一起的情形，久久地沉浸在幸福和甜蜜之中。

三

人只要一步入青年，便像翻过了几座山，蹚过了几条河，酸甜苦辣尽在其中。这是一个多情善感的时期，每位年轻人都会有许许多多别人无法走近的美丽和感伤，都会自然而然地承担人生的一些沉重一些沧桑，再也不会像童年时代那样无牵无挂、无拘无束了。

十月是一个收获的季节，左香雪每到这时便会不由自主地想起家乡山坡梯田里的玉米、大豆和漫山遍野的白藤。弟弟妹妹都还在上学，自从父亲去世后，地里的活便由母亲一个人支撑，她能忙得过来吗？弟弟妹妹会抽空回家帮些忙吗？秋收完又该种油菜了，有钱买化肥吗？左香雪又开始郁郁寡欢起来。

一个平静的周二晚上，左香雪正一个人心事重重地坐在宿舍里，忽然孟岩飞一阵风似的卷了进来，气喘吁吁地嚷道：“香雪，外语系办联欢会，去玩一会儿吧！”“不想去。”左香雪淡淡地说，将头扭向窗外。孟岩飞愣愣地立了一会儿，忽然咬牙切齿起来：“你到底怎么了，老爱一个人独坐发呆，再这样下去，会出毛病的！”

左香雪抬起头，瞪了孟岩飞一眼说：“哎哟，没看我正烦着嘛……”孟岩飞讨了个没趣，气冲冲地下楼去了，左香雪泪水夺眶而出。

接下来的几天里，孟岩飞见到左香雪面无表情，爱搭不理的，左香雪更加烦闷，如同霜打了似的，无精打采，既想不起来干什么，也不想去干什么。

周末晚上，同学们都到俱乐部里看电影了，宿舍楼里很静。左香雪独自坐在自己的床铺上，头顶上的日光灯管嗡嗡地响着，她将磁性文具盒一开一关，发出令人心烦的咔嚓声。窗外淅淅沥沥地下着秋雨，雨滴寂寂地飘落在窗玻璃上，飘落一片孤寂和忧伤。滴滴答答的夜雨呀，今夜一定涨满了秋池，左香雪有些触景生情，泪眼蒙眬起来。楼道里突然响起了轻快的熟悉的脚步声，由远及近，左香雪知道这一定是安琪，门开了，安琪走了进来，一手拿着小雨伞，一手提着她自制的小布兜。安琪把雨伞挂在门后，从布兜里拿出两包方便面和两块夹心面包。“电影结束了吗？”左香雪问。“早着呢，香港警匪片，没意思。”安琪一边说，一边十分利索地将方便面用开水泡好，将其中一份和一块面包送到左香雪面前，“来，加点夜宵。”

“我不饿，真的，安琪！”

“怎么能呢，我都饿了，你饭量比我大，还能不饿！”安琪笑吟吟地说。

“我只消灭这份方便面，面包还是留给丽娅吃吧！”左香雪淡然一笑说。

“她呀，正减肥呢，发誓不再吃甜东西了。”安琪笑容可掬地说。

“减肥？这家伙怎么突然减起肥来了？”左香雪一脸的惊讶。

安琪冲左香雪眨了眨眼睛：“哎，你还看不出来呀？丽娅正在热恋呢！”

“跟谁？”左香雪问。

“林大卫呗！”安琪说。

左香雪笑起来：“丽娅这家伙终于动真格的了！”

“别管她，来，来，赶快吃面，快要凉了。”

吃完面，安琪坐在左香雪旁边，温和地问：“香雪，这几天你好像有心事！”

左香雪竟吧嗒吧嗒地掉起泪来，安琪掏出手绢为她擦了擦问：“是谁欺负你了？”

左香雪摇了摇头说：“我在为家里的情况担忧。”

安琪沉默了一会儿，便用安慰的口气说：“不用太着急，你家里有什么困难就说出来，我们大家会帮你的。况且你们家乡也一定会富裕起来的，这只不过是个时间问题。你现在最主要的任务是要保持良好的心情，努力学习，多学一些技能，毕业后回你家乡大干一番。”

左香雪只是抽泣，没有吱声。

“我觉得这方面胡运来做得就很好，他一边学习，一边挤时间收集信息，做市场调查，为家乡建设排忧解难，献计献策，还能在暑假里鼓动几位同学到他家乡去干一番，又促使其乡办企业与市国有企业搞联营，听他讲目前他们家乡已摆脱了贫困正大步奔小康呢！”安琪说。

沉默了一会儿，左香雪又黯然道：“我们是山村，面临的困难更多些！”

“山村更有山村的优势，你们那里环境优美，可以开辟个旅游景点嘛，也可以搞劳务输出，每年利用春季和冬闲时光，向外输送剩余劳动力，也不失为一条致富的好路子呀！办法总是有的，就看你想不想！”安琪说道，俨然一位下乡考察的女干部。

“哦，对了，香雪你不是说你们那里漫山遍野都是白藤和藤黄吗？我查过资料，这两种植物满身是宝。白藤柔软而坚韧，用它制作的椅子、沙发轻柔舒适、冬暖夏凉，现在提倡走进自然返璞归真，市场大得很呢，如果做工细腻考究，还能出口呢！我爸爸去年不知从哪里搞来一个藤制沙发，特精致特漂亮，简直是艺术品，坐上舒服着呢，把其他那些各式各样的沙发全比成了老太婆，可今年暑假里硬是被一位日本客人给软磨硬泡要走了，现在想起来还心痛呢。藤黄也是好东西，睡上软而滑，还祛风湿，树脂还可以做黄色颜料。”安琪讲得绘声绘色，左香雪被深深地感染了，她扬起眉梢，大眼睛里闪着光芒，兴奋而又遗憾地叫起来：“哎呀，真是太可惜了，我们那里的白藤、藤黄都当柴烧掉了！”

“明年毕业后，我们可以游说一些企业或外商向你们那里投资，如果游说不成，我们可以自己干！”安琪又说，一脸兴奋的光。

“可我们那里基础设施太差了，首先没有一条像样的路。”

“这可以让地方政府向你们那里作一些扶持或政策倾斜嘛！”

“这可能吗？”

“怎么不可能，放着这么好的地方不开发，没有经济头脑和富民意识，还算什么地方官。况且中央有政策明摆着，不是让那些地方官当经书念的，要拿出实际行动来早日帮助农民脱贫致富！”

“可我还是有画饼充饥之感！”

“哎呀，你怎么这样没有信心？对你说吧，这件事我会想办法帮你的，必要时我可以游说我爸爸想想办法……”

“你爸爸？”

“是的，不过你要绝对保密呀！”安琪忽然诡秘起来，“我爸是这个市里的主要领导，他的同学朋友遍布全国，你们大巴山区也有，另外还有几位外商一直在委托他寻找合适的投资项目，让我爸协调一下肯定会有好结果的！”

“真的？”左香雪眼眸里放射出惊异的目光。

“你千万要为我保密呀，同学没人知道我的家庭情况！”左香雪使劲儿地点了点头，她仿佛看到千军万马正开向她们的山坳里，古老的山村响起了从未有过的推土机和轧路机声，宽阔的柏油路修好了，整齐的厂房建好了，山村里一派生机。

这时候，楼道里响起了喧闹声以及零乱的脚步声，电影散场了。“我的家乡有希望啰！”左香雪半卧在床上，沉浸在甜蜜的遐想之中。

又一个周末的傍晚，左香雪正一个人坐在床上专心致志地看书，门外突然响起了轻轻的敲门声。“谁？”左香雪问。外面没吱声，但敲门声依旧固执地响着，左香雪放下书本下了床，趿着拖鞋打开了门，一下愣住了，竟是孟岩飞。左香雪马上想起了一周前他们之间的不愉快，便不好意思起来，她不能否认自己打心眼里爱这个淳厚的男孩，想起他平日对自己的种种关照和帮助，而自己总是莫名其妙地冷淡他，左香雪的心便被深深的歉疚攫住了。

“对不起，左香雪，上次是我不对，很抱歉！”孟岩飞低声说。

看着这个虎虎实实的大小伙子，孩子似的勾着头立在她眼前，左香雪心里一阵激动，一层水雾蒙住了她的双眼。

“这些天我一直很难过很内疚，对不起了，香雪，上次是我不对！”孟岩飞满眼满脸的坦诚。

“别说了……”左香雪已经哽咽，泪珠扑簌簌地滚落下来。

“可我真的希望你快乐起来……”孟岩飞说，声音轻柔而发颤。

“谢谢……”左香雪不知道该说些什么才好！

“下楼随便走走好吗？”他盯着她的眼睛说。

她点了点头，掏出手绢擦干眼泪，两人便一块儿下了楼。他们绕着相思湖缓缓地走着。“香雪，你的家庭情况安琪已经告诉我了，我会尽力帮助你的。不过，香雪，我真的很希望你能走出伤感和沉重，快乐起来。”

“快乐？我……”左香雪眼睛又湿润了。

“是的，香雪，人生活在这个世界上，常常要承受许多困苦和压抑，如果自己不多去寻找一些快乐，那么生活的信心来自哪里？即使是冰雪覆盖的小草，也要挣扎出来找到自己的蓝天和快乐的空间呢！”

“我也曾试着让自己快乐，可总是快乐不起来！”左香雪坦率地回答。

“那是因为你还没有真正地走出你心中自己筑起的一道无形的墙，你是自己把自己封锁起来了。平日在班里你总是默默地匆匆来去，高兴也只是和安琪、徐丽娅泡在一起，似乎只有她们俩才是你的同学似的。我这样说并不是反对你们的友谊，只是说你的交际面太窄了，其实你完全可以融入集体中，多参加一些集体活动。你也可以尽情地去跳去唱，微笑着去面对你所面临的一切嘛！”

左香雪两眼盯着孟岩飞，眸子里闪着激越的光亮，孟岩飞一下子不知所措起来，慌忙说：“我这人是个急性子，说话从来不打草稿，有不妥的地方希望你能谅解！”

左香雪噗的一声笑了：“你说得太好了，谢谢你了。上个礼拜六安琪也给我鼓了大半夜的劲儿，我心情现在好多了，我已不再感伤我的困难和挫折，相反则更加珍惜我的顺利和幸福了，我会积极地努力地寻找自己的快乐和空间的！”

“哎，这就对了！”孟岩飞满脸都是笑，“无论何时何地，至少自己不要忽视自己在这个拥挤世界的存在，面对滚滚红尘，完全可以自己创造自己的生活空间、生存环境，让自己过得充实、快乐、有滋有味嘛！”

两人沿着相思湖畔黄叶满地的小石子路一边走一边亲切地

聊着。寂静的夜晚，有什么声音能比落叶的低语和有情人的呢喃更动人心魄呢！走着走着，左香雪突然在铺满落叶的小石子路上奔跑起来，一边跑一边快活地踢起地上金黄的落叶，轻盈活泼得像个五六岁的小姑娘，开心的笑声咯咯成串，笑声和落叶一起在静悄悄的路上飘飞，整个世界仿佛都眉开眼笑起来。孟岩飞被感染了，他也紧跟在左香雪后面笑着跑着，使劲儿踢起地上的落叶，金黄的叶片在他们的畅快的笑声里飞舞，优美如蝴蝶翩跹……

第二天是星期天，早饭后，孟岩飞突然心血来潮地拉着李剑到校园散步，两人一边走一边兴趣盎然地谈论着社会热点。来到相思湖旁的时候，孟岩飞突然诡秘地抑制不住兴奋地问李剑："阿剑，你有过爱人和被人爱的感受吗？"

问话太突兀，李剑木讷了半晌才说："也算有过吧！"

"那是不是一种甜蜜的醇香的又似水一样的感觉？"孟岩飞眸子里闪着晶亮的光，李剑搔了下头，不置可否，孟岩飞似乎并未在意，依然兴味正浓，"她喜欢独处，常常托腮静想，似有密密的心事，她有男孩般的坚强和女孩最纤弱的情感，她有爱，但她却把爱深埋在心间，融一腔深情于沉静之中。"

"哦，是左香雪吧，你很爱她吗？"李剑轻声地问。

"爱，百倍千倍地爱，我要让她永远忘记烦恼，让她永远幸福快乐，我想把最好的一切展现给她看，让她为我而骄傲。"

"如果左香雪听到这些话，一定会感动得热泪盈眶的。"李剑感叹道。

"会有机会向她倾诉的！"孟岩飞轻声说。

傍晚，校园华灯初上，人来人往，一派轻松热闹的景象，李剑、孟岩飞、胡运来、于波、童雷正坐在宿舍里聊天，林大卫一阵风似的冲进屋门，喘着气嚷道：“快，哥儿们，412全体女生正在俱乐部门口等咱们去跳舞呢！”

“我的妈呀，有这等好事，谁的主意？”孟岩飞一阵狂喜。

“少废话，赶快收拾收拾，快呀！”林大卫推了孟岩飞一把说，他也抑制不住心底的兴奋。

六个人立刻忙乎起来，西装、领带、皮鞋、鞋油、洗面奶都派上了用场，胡运来一边系鞋带一边嘟囔：“我这两下子到舞厅肯定不行，可我又实在不愿与这个浪漫的机会失之交臂。”屋子里响起了一阵哄笑声。一行人风风火火地来到俱乐部门口，见徐丽娅在人群里正举着门票向他们打招呼。当李剑他们喜滋滋地走到安琪、徐丽娅、左香雪身边时，发现她们都淡淡地上了一点妆，光彩照人。一行人嘻嘻哈哈地进了俱乐部，但见人头攒动，热闹非凡。一曲优美的中四舞曲响起来了，林大卫和徐丽娅双双轻快地滑进了舞池，划船步、旋转，像一对翩跹起舞的白天鹅，两人绕着舞池很快又转了过来，林大卫冲着李剑他们喊道：“哥儿几个，还愣着在那儿干吗？快下场呀！”安琪等五个女孩都有点忸怩，李剑他们相互使了个眼色，呼啦一下围上去，一人俘虏一个，嬉笑着滑入舞池，孟岩飞跳得不错，左香雪也凑合，两人一边舞一边悄悄私语，不时有轻快的笑声发出。胡运来和一位稍胖的女孩一开始晃来晃去踏不上节拍，后来从两个人脸上绽开的笑容看，双方已找到了畅快的感觉。于波、童雷各带着一个女孩，一曲接着一曲地跳着。李剑和安琪两个人的交谊舞跳得都很好，他们轻盈盈随着节拍转动，优雅的舞姿吸引了众人的目光。

四

阳春三月，春意弥漫，灿烂的阳光洒满了院校的每一个角落。下过几场蒙蒙细雨，柳树都舒展着黄绿的眉眼，伶俐的小燕子鸣唱着飞来飞去，传递着春的消息。青的草、绿的叶、艳的花，一丛一丛的耀人眼。

一天中午，左香雪收到弟弟的一封信，信上说她汇给家里的五百元钱已收到，家里正愁买化肥给油菜施肥，这笔钱正好派上用场，又说现在农产品的物价放开了，家里积存的一些大豆、菜油卖了好价钱，也宽裕了些，叮咛她要爱惜身体，有钱自己花，不要再往家里汇了。左香雪顿时呆了，心绪一片纷乱，自己哪里还有钱往家里汇，一定是谁以她的名义汇的，能是谁呢？她立刻便想到了孟岩飞，肯定是他。下午上课时，左香雪见到孟岩飞便有些不自然了，找了个机会对孟岩飞丢下一句："晚上我在相思湖边等你！"便一溜烟地跑开了。

相思湖的东南角，有一片亭亭玉立的合欢树，其中有两棵并蒂而生，生动绝妙，冠如华盖，流绿滴翠，上面红花簇簇，似蝴蝶似朝霞。风大时，两棵树如金童玉女挽臂交歌；风小时，它们又似情人轻声私语；风止时，它们相对而视，脉脉含情。大学生们戏称之为情人树。左香雪倚着其中一棵焦急而又幸福地等待着，远远的一个人风风火火地走了过来，一瞧那虎实的身影及走路的架势，左香雪便知道定是孟岩飞无疑，心又怦怦地跳得快起来。孟岩飞不愧是孟岩飞，人还没到一阵风和一句话已到了：“517孟岩飞来此报到！请指示！”

“严肃点！”左香雪虎着脸没好气地说。

“我又怎么了……”孟岩飞小声咕噜一句倚着另一棵合欢树老老实实地站好。左香雪不由得想起了因调皮捣蛋被“请到”老师办公室里等着挨训的小学生，她有点想笑，但忍住了。

沉默了好一会儿，孟岩飞终于怯怯地不打自招了：“是不是因为汇钱的事？我本来想与你商量的，可怕你不答应，那钱是我的压岁钱，放着也是放着，我想你家里春耕施肥一定急需用钱，便以你的名义汇去了，香雪，你就收下吧……”他的声音慢慢低微下来，圆润饱满的额头下面，一双黑眼睛隐隐地潮湿了。左香雪禁不住也红了眼圈：“谢谢，谢谢你……钱我以后一定还你！”

“不，香雪，你不必还，我是绝对不会要的！”

“为什么……”没等她把话说完，他又迅速地说：“因为，因为我爱你！”他的话和他的目光像火一样烫人。

左香雪一下子呆住了，脸红得要滴出血来，他向她迈近了一步，双手冲动地一下揽住了她的腰肢。“不，不……”她下意识地拒绝着却没有躲闪没有后退，不是被惊悸了就是被幸福凝结了，一双美丽的大眼睛悄然微合，睫毛里滚落出晶莹的湿湿的绵长的泪珠。孟岩飞吻住了她颤抖着的软润的樱唇，一瞬间，世界仿佛一下子消失了，存在的只是这对温馨的青年男女。良久，他才抬起头坚定地说：“毕业后，我就与你一起回到你的家乡，把我的情和爱献给你和你的家乡！”

她几乎哽咽了："这不可能……"

"我的脾气你是知道的，只要下定了的决心，便会一直走下去，决不回头。"

"可你的父母会答应吗?"

"我想会的，人各有志，不能勉强嘛。不管如何，我宁可选择短暂的壮丽，也不愿留恋那平淡的恒久。"

左香雪深情地望着孟岩飞的脸，泪光盈盈，她嘴唇翕动着，猛地扑到了孟岩飞宽厚的怀里，孟岩飞紧紧地拥住她……

夕阳已恋恋不舍地坠向西方，相思湖里波光粼粼，光彩亮丽。左香雪幸福地依偎着孟岩飞宽厚坚实的胸脯，似一艘经历了风吹浪打、漂泊流离后终于回到舒适安静的港湾的小船，那双美丽的大眼睛清澈明亮，晚霞在里面闪烁着，湖水在里面明亮着……此时此刻，任何一句话都是多余的，世界很静，只有两颗滚烫的心在怦怦跳动。

相思湖上慢慢地泛起了一层灰白的夜雾，夜色从四面八方围拢出来了。校园里华灯齐放，夜空中星光闪烁。孟岩飞和左香雪甜甜地依偎着。夜空里忽然有一颗流星划过，拖着长长的尾，炽亮炽亮的，远处隐隐有乐曲传来，悠然婉转，这是一个美丽而多情的夜晚。

当他们发觉衣服头发都有些潮湿的时候，孟岩飞便挽着左香雪的胳膊缓缓地向宿舍楼走去。四周很静，偶尔听到相思湖里有鱼跃出水面的声音，还有微风吹动潮湿丰润的树叶发出的轻响，孟岩飞指着星光闪烁的夜空深情地对左香雪说："我要摘下满天星，让你全身都挂满闪耀的珍珠!"左香雪甜甜地笑了，圆润的脸蛋上洒满了幸福。

愚人节那天下午，517宿舍六个小伙子又一块儿到足球场热火朝天地踢了两场足球，孟岩飞不慎碰伤了手。四月初天气还有点凉，六个人回到宿舍便扒光衣服，只穿一条裤衩，昂首挺胸，满身臭汗，嘻嘻哈哈地钻进浴室洗冷水澡，这一直是他们宿舍全体成员锻炼身体并引以为傲的一种习惯。淋浴完后，一行人摆手甩脚，雄赳赳气昂昂地走出来，几个人刚走出洗浴室没几步，猛听走廊里一阵银铃般的笑声，惊得六个小伙子弃盆丢桶，抱头返回了浴室，久久不敢露头。等他们听到走廊里全是男生哈哈的哄笑声，才一个个畏畏缩缩地探出头来，这才反应过来今天是愚人节，刚才是有人放的录音捉弄他们，六个人的举止一时成为笑谈，被传为“佳话”。

第二天，孟岩飞的手虽然还有点隐隐作痛，但肿已经消了，伤口也结了痂。孟岩飞来到教室，仍像往常一样拿出课本，想预习一下下午的功课，这时左香雪走进了教室，她径直走到孟岩飞的课桌旁，挪动了一下他前排的一个方凳，轻轻地坐下来。他们俩热恋的事，大部分同学还不知晓，两人也打算到毕业时再公开。即使有人开孟岩飞的玩笑，说他与左香雪如何，他也总是拍着胸脯掩饰：“没有的事，‘匈奴未灭，何以为家’?”见左香雪坐在自己旁边，想和自己说话，孟岩飞便有点局促起来，有几个同学抬起头向他们这边看，左香雪也心跳得厉害，脸和额头全红了。“好些了吗?”她盯住他的伤口问，语气轻柔。“不要紧的!”孟岩飞不自在地回答。“以后别再疯了!”左香雪含羞带嗔地说。“嗯!”孟岩飞点了下头，脸有些发烫，教室里很静。几位刚吃过午饭在教室里看书写字的学生，都假意地做着自己的事，其实则在悄悄地注意着他们俩。孟岩飞扫了一下教室里的其他几个同学，直向左香雪使眼色，左香雪轻轻地走回到自己的座位上，孟岩飞暗暗松了一口气，忙不迭地溜出了教室，有人在窃笑着悄悄地谈论他们。

爱情，是一个古老而又永远芳香的话题，它生于尘世又超然于尘世。对于人生中这最美好的情感，不同的是，人人都有自己的经历，人人都有自己的结论，他人的注释永远代替不了自我的理解；相同的是，人人都需要爱，人人都为爱而活着，自己的故事，常常要被别人注释。

五月初，S大学生会举行换届竞选。李剑是经管系推荐的候选人，他优异的学习成绩、乐于奉献的精神以及出众的组织管理能力，使他高票当选S大学新一届学生会主席。

第六章 花自飘零水自流

一

学校是育人的载体，它崇尚智慧和品格，它最少功利性、商业味，为此它才优雅、清高，令人仰慕。可是一阵阵的商业浪潮凶猛地冲击着它，在它里面卷起层层的波浪。老师下了海，学生经起商，教授挤时间谈生意，学校宿舍里响起了手机声，有些女生甚至做起了花枝招展、收入丰厚的伴舞小姐、陪酒女郎之类。S大周围服装店、冷饮店、咖啡屋……如雨后春笋般争相冒出，校园里时时可见面红颈赤的讨价还价及哗哗啦啦点钞票的欣喜场面。火热、敏感的大学生们，始终认为他们应该把握着时代的脉搏，弄潮浪巅，至少也该与流行潮同步，在这股经商下海的热潮中，企管班一马当先。

于波和童雷两人一有空就凑在一块儿大谈生意经，研究经商下海的最佳途径，并开始留意、收集报纸上各种招聘广告。经过一番折腾，于波成为一家公司在本市的临时代理人，这位精明秀气的“洛阳才子”，差不多每天都挤时间钻空子跑业务拉生意，忙忙碌碌，废寝忘食，俨然一副经理、老板的派头。童雷也在一家公司应聘了一个兼职推销员，整天骑着一辆哗啦直响的老爷车在街头巷尾满城市转悠，十分卖力地推销保健品。

徐丽娅兼职在一家歌舞厅当伴舞小姐，几乎每天晚上都浓妆艳抹地出现在舞会上，一跳就是大半夜。富丽堂皇的舞厅里有的是揣着花花绿绿的大票子，寻找漂亮“舞搭”的阔老板，徐丽娅凭着她俊丽的脸蛋、娴熟的舞技和女大学生的身份，引得那些心怀鬼胎的大款一个个都像馋猫闻到鱼腥般围着她转。舞场里，她俨然成了皇后，兴致高昂的男人们一个接一个地邀请她，她应接不暇，一曲接一曲地跳，连喘口气歇歇脚的机会都没有了。但她抱定了自己跳舞的宗旨，决不跟任何一个男人乘车兜风，更不上酒店宾馆。一个月下来，徐丽娅惊讶地发现，她的存款已达到了四位数，吃穿阔气了，连说话也越来越有底气了。

一个周日上午，徐丽娅穿着一件丝质的红色套裙，在熙熙攘攘的服装市场里转悠，天气渐渐热了，她想挑选一件夏季最流行的时装，她现在有的是钱。市场两边挂满了各色各样的新潮女装，徐丽娅每停一处，摊主都会投过来讨好的目光，那目光既狡黠又热情，精明的摊主显然都知道像徐丽娅这种年龄这种打扮的女孩，定是不错的买主。徐丽娅不动声色地停停走走。街道两旁有几家音像商店，流行歌曲的声浪在空气中滚来滚去的，快活而聒噪。

徐丽娅终于在一家精品屋里选中了一件T恤衫，底色为柔和的米黄色，手感滑腻，胸前织着一个莲花图案，一问价一千八百八十八元。徐丽娅立在穿衣镜前先试穿了一下，T恤衫往身上一套，顿觉富贵典雅，光彩照人，男老板眼睛都直了，一个劲地啧啧称赞。徐丽娅喜滋滋地付了钱，拿着衣服摆手甩脚地往回走，她突然有点奇怪自己刚才怎么不搞一下价呢，搞下去一百元总是有可能的吧，但这种想法在她脑海里一闪即逝。

回到宿舍，徐丽娅便迫不及待地换上那件刚买的T恤衫，在镜子前洋洋自得地晃来晃去，引得屋子里的左香雪及另两个女生大惊小怪起来："哇！太漂亮了！""哎哟，像个大明星！"徐丽娅脸上泛起两片红云，羞涩而又满足地笑起来。

午饭后，徐丽娅抑制不住兴奋和激动，托一个低年级男生捎口信把正在午休的林大卫约到了相思湖边，待林大卫揉着惺忪的眼睛踱到她身旁时，徐丽娅便眉开眼笑地在他面前故意扭动了几下身子。

"你怎么了，打扮得一朵花似的！"林大卫眼花缭乱，莫名其妙。

徐丽娅勾住他的脖子踮起脚给了他一个甜蜜的吻，半娇半嗔地说："死脑筋，女为悦己者容嘛！"

林大卫笑起来，顺口问道："多少钱？"

"你猜！""一百五十元？""不对！""二百元？""唉，不对，多猜点嘛！""三百元？""再猜！""五百元，总可以了吧！"

"一千八百八十八元，怎么样，在咱们学校还算高档次吧！"

"我的大小姐，你疯了，这样大手大脚的，哪儿来的钱！"

"自己挣的呗！"

“就是在歌舞厅里伴舞挣来的?”

“对呀!”

“唉，丽娅，我早就说过，这样不好，先不说那鬼地方花红柳绿会不会吃人，单说你将跳舞挣来的钱，全浪费在打扮上，有什么意义？值不值得?”

“怎么不值得？一则我伴舞也是打工的一种方式，可以锻炼自己适应社会的能力；二则女孩谁不喜欢漂亮的衣服，谁不想把自己打扮得花枝招展、楚楚动人。女人爱美，天经地义，古人不是也说‘云想衣裳花想容’吗?”

“可，可你拼命挣钱就是为了买时髦的衣服，未免太……”

“我自个儿乐意。”徐丽娅不耐烦地打断了林大卫的话，“不管多漂亮的服装，只要穿的人多了我就不买，穿衣就要穿在潮流的前头!”

“我并非不让你打扮，而是说不要太过分了，学生嘛，自然要以做学问为主!”

“你怎么变得婆婆妈妈起来……”徐丽娅有点生气了。

“因为我在为你担心。”林大卫说着把徐丽娅轻轻地揽在怀里，“真的，丽娅，我们毕竟还年轻，涉世未深，在舞厅那种鱼龙混杂的地方，难免会出问题的……”

徐丽娅猛地从林大卫怀里挣脱出来，脸涨得通红：“会出什么问题？你少假惺惺的，对社会对生活我有自己的看法，我又不是十一二岁的毛丫头，用不着你来教训!”说完扭身就走。

“你？唉，丽娅，丽娅……”林大卫紧跑几步拉住徐丽娅的手，急急地说，“丽娅，你误会了我的意思……”

“少来这一套!”徐丽娅泪水夺眶而出，“啪”的一下把林大卫的手拨到一边，哭着跑走了。抛下林大卫一个人怔怔地立在那里。

接下来的一段时间里，徐丽娅依然频繁地出没于舞厅、商场、精品屋、饭馆。在舞厅里，她开始有挑选地接受邀请，而不再是那种来者不拒了，目的只有一个，谁给的小费多，就跟谁伴舞。随后，她再把大把的钞票在商店、饭馆中挥霍掉，并且开始渐渐地以此为荣以此为耀了。

一天傍晚，林大卫截住了从咖啡屋里出来的徐丽娅，天阴沉沉的，两个人默默地立在橘黄色的路灯下，都满腹的心事。良久，林大卫终于激动地说："丽娅，这些天我心里一直很难过，我把希望和爱都给了你，我只乞求你能明白，这世上最值得珍惜的是一颗纯真的爱心。"徐丽娅嘴唇嚅动了几下，没有吱声。

"因为你，我曾一个人悄悄地流过泪，我可是从来不轻易落泪的人呀……"林大卫眼睛里闪着泪光。

"我知道你很爱我，可我应拥有更多，这是你不可能给予的。"徐丽娅冷冷地说，把脸扭向了一边。

好一会儿，林大卫突然愤怒起来："我知道你徐丽娅想拥有什么，金钱、虚荣以及那些肮脏的东西！"

徐丽娅也一下怒火冲天，几乎是在咆哮或尖叫："是的，是的，我下贱，我可耻，你永远别再理我好了……"她捂着脸痛哭着向宿舍楼跑去。

林大卫握紧拳头，狠狠地砸在身旁的一棵梧桐树上，泪水夺眶而出……

天空闪过几束刺眼的闪电，接着滚过一阵雷声，今夜有雨。

周末午后，安琪和左香雪邀徐丽娅一块儿去海边玩，徐丽娅拒绝了，她这是第一次拒绝两位好友的邀请，这令安琪和左香雪十分扫兴，其实徐丽娅心里更难受。等安琪和左香雪走后，她便躺在床上装着睡午觉，其实她根本睡不着，在悄悄地想心事，屋子里另外三个女生则睡得一个比一个甜。这时，徐丽娅听到了一阵熟悉的脚步声由远及近，停下来，然后有人敲宿舍的门，她断定是林大卫无疑。敲门声又轻又坚决，屋里终于有个被吵醒的女孩扬起头不耐烦地问："找谁?""找徐丽娅。"那女孩抄起一只拖鞋扔到徐丽娅的蚊帐上："喂，丽娅，你死啦?"

徐丽娅摇手示意，那姑娘便很干脆地冲着门口说："徐丽娅不在!"门外的人似乎迟疑了一下，终于咚咚地下楼去了。

一只山雀在窗外树梢上一声一声很脆地叫着，叫得人心烦意乱。

立夏前的天气并不算热，可满校园早已是一派夏季的浪漫。

李剑和安琪坐在相思湖畔的一片草坪上，身旁的小收音机放着英语，两人悠闲而又专注地看着各自的教材，在听一个英语讲座。草坪的边上，有几株盛开的藤萝，从空中垂下，花朵一串挨着一串，一朵挨着一朵，彼此推着挤着，好不活泼热闹。

半小时后，讲座结束了，收音机里响起了悠扬的轻音乐。今天是星期天，相思湖周围的草坪上、小树林里、合欢树下都坐满了学生，有的三五成群地在打扑克、聊天，有的成双成对地在窃窃私语，也有的是一个人半卧在草坪上望着澄蓝的天空或青绿色的湖水遐想着。金色的阳光柔和地洒向每一个角落，美丽的相思湖畔呈现一片轻松、欢快、温馨的景象。

安琪今天上身穿着一件紫蓝色T恤衫，下身是一条丝质的烟绿色长裙，脸上还淡淡地化了妆，李剑看着身边楚楚动人的安琪和不远处盛开的藤萝，诙谐地说：“倘若这座校园是一幅优美的画卷的话，那么我们这一处必定是最美丽最绝妙的一笔了！”

二

大学的第三个暑假一开始，李剑便到新友谊大酒店打工了。王总一见他便喜上眉梢，马上邀他到总经理室乐呵呵地寒暄了一会儿，王总和蔼坦诚，让李剑倍感亲切。末了，王总说酒店的一位部门经理出国培训了，三个月后才能回来，他正在寻觅人选顶上，李剑来了正合适。李剑有些迟疑，他拍着李剑的肩膀说：“大学生并非得熬过多少年才能当个管理者，只要给你机会和舞台，相信你会干得很出色的！”这话使李剑深感欣慰和亢奋。

李剑迅速地投入到了紧张而有序的工作中，他热情、周到的工作作风，以及轩昂的气质，很快便赢得了职员和顾客们的赞誉。一天下午四点左右，忽然接到市政府的一个电话晚上六点整要在这里举行一个招待宴，预定两桌招待餐。时间紧迫，李剑立即组织职员们忙活起来，待一切准备妥当，一行客人也谈笑风生地来了，其中还有三位美国人。客人们坐定后，便准备开宴了，王总和李剑刚刚定下神松口气，一位秘书模样的人急匆匆地来到他们面前，焦急地问：“你们这里有英语翻译吗？”

“有，要帮忙吗?”王总微微一笑说。

“是的，是的，这三位美国客人是来我们市参加投资洽谈会的。下午刚到，安市长亲自来这里代表我市为他们举行欢迎宴会，可翻译人员因突发急事现在还未到，临时再安排已来不及了，而我本人仅会些粗略的日常用语。”那人搓着手焦急不安地说。

“快叫玛丽小姐。”王总冲着一位职员挥了一下手。

那人很快跑上三楼又跑下来：“玛丽小姐身体不舒服，刚才去了医院了。”“这么巧，这可怎么办!”秘书模样的人更加焦急了。王总盯着身旁的李剑问：“你行吗?”

“可以试试!”李剑蛮有把握地点了下头说。王总立即介绍：“这是S大的学生，英语讲得不错，我想他能胜任!”

秘书模样的人打量着李剑稍稍松了口气，说：“我先向安市长请示一下，小伙子，你最好先准备准备。”他拍了拍李剑的肩膀匆匆地走了。不一会儿，他又匆匆忙忙地走了回来，向李剑简单地介绍了一下情况，然后说：“跟我来吧!”李剑被安排在安市长身边，安市长微笑着对李剑说：“小伙子，沉住气，不要慌!”声音温和亲切，李剑身上顿时涌起一股暖流。宴会在一片掌声中准时开始了，首先由安市长致热情洋溢的欢迎词，李剑把他的讲话迅速简练地记在小本子上，印在脑海里。待他讲完后，李剑立刻用英语清晰流利地向三位美国客人复述了一遍，三位客人笑容可掬地频频点头。

安市长及几位市领导脸上都露出了轻松的微笑，接着一位又高又胖的美国客人代表他们公司很兴奋地讲了一段话，言语之中透着西方人的幽默和他们特有的抒情方式。李剑微笑着把他的话向几位市领导翻译了一遍，安市长带头鼓起掌来。接着大家开始一边碰杯一边你一言我一语地畅谈起来，整个宴会气氛热烈、祥和。当然，其间最忙碌的恐怕就是李剑了。一个小时后，宴会圆满愉快地结束了，安市长在临上车前，紧紧地握着李剑的手，笑吟吟地说："好样的，小伙子，祝你前程似锦。"

几辆小轿车在酒店礼宾部服务生的注目礼中，汇入大街上汹涌的车流，很快便不见了。

三

索福克勒斯曾写过这样的诗句："人间再没有像金钱这样坏的东西到处流通，这东西可以让城邦毁灭，让人们被赶出家门，把善良的人教坏，使他们走上邪路，做出可耻的事情，甚至叫人为非作歹，干出种种罪行……"

爱情，光泽夺目，熠熠生辉，是颗古老而美丽的珍珠，若蒙上世俗的尘垢，便会黯然失色，暗淡无光了。

当爱情带上功利的色彩时，爱情便笼罩了阴影；建立在金钱基础上的爱情或者一直在金钱的旋涡里打转的爱情，更不堪一击。被功利和金钱所左右的爱情，留下的只是男女游戏而已。

大四开学后不到两星期，徐丽娅便在舞厅里与一位四十五六岁的市石化公司的经理汪祥混得很熟识了，这位在经济场里"弄潮"的老手似乎一下子被充满青春魅力的徐丽娅迷住了。

每场舞会，汪祥都不惜重金，独占与徐丽娅跳舞的机会。在一次跳舞中，心怀鬼胎的汪祥在徐丽娅耳边低语道："徐小姐，我想聘你为我公司公关部的高级职员，月薪最低三千元，你意下如何？"徐丽娅的心不由一动，这岂不是天赐良机？她愉快地点头答应了。

很快，徐丽娅便到石化公司公关部去上班了，她觉得这里才真正是她大显身手的地方。汪祥的两只眼睛整日围着徐丽娅的身影转来转去，对这位勉强读完初中的情场老手来说，女大学生是他由来已久的梦想的目标。

借口出席交际会，汪祥带着徐丽娅出席高档舞会、酒会，徐丽娅也开始戴首饰，擦香水了，"学生气"在她身上消失殆尽。

徐丽娅最得意最满足的时候，也是她的同学、朋友最焦急最失望的时候。

相思湖畔，大阳懒洋洋地照着，没有一丝风，天气又闷又燥。安琪和左香雪好不容易把徐丽娅约到湖边来，徐丽娅煞有介事地看了看手表，不客气地向两位好友说："我还有事儿，只能给你们二十分钟的谈话时间！"

三人一边绕湖缓缓走着，一边激烈地辩论着，三个人的脸都涨得通红，显然都很激动。

左香雪两道眉毛拧成了一条线："丽娅，你知道现在同学们都在议论你吗？"

徐丽娅高扬起头："我从来不顾忌别人的眼光和舌头，人不会为别人的眼光和舌头而活着。"

安琪目光逼人："这话用到你身上简直是明珠暗投，同学们的眼光和舌头是一种鞭笞，是一种道德规范，而绝非你所认为的诋毁、流言!”

徐丽娅的脸色由红变紫，但她忍住没吱声。

“人生在世，要面对许多诱惑，可能会行差踏错。丽娅，面对诱惑，我们要清醒，要保有正直、纯真、高尚的品格。”安琪又说。

“二位的意思我明白了，但是让我放弃我现在的所得，是不可能的，任何人也说服不了我!”徐丽娅虎着脸说。

“丽娅，你漂亮有才华，本该有一个美好的前程，可你还未走出校门，就把理想埋葬了，还有纯洁的爱情，也被你埋葬了，林大卫是那么好的男孩又那么真心实意地爱着你，可你……”左香雪声音发颤，像是要哭了。

徐丽娅把脸扭向一边，不理不睬，一副“我自岿然不动”的模样。良久，安琪柔和地说道：“那个叫汪祥的家伙是有妇之夫，他大把大把地在你身上花钱，肯定有所图谋，你小心上当受骗吃大亏!”

“我也亏不到哪儿去!”徐丽娅说这话时故意用手摸了摸颈上的铂金项链。

安琪顿时怒火中烧，气冲冲地说：“你可知道同学们私下是如何讥讽你的吗？生命诚可贵，爱情价更高，若为金钱故，二者皆可抛!”

徐丽娅铁青着脸，狠狠地说道：“你们俩以后少管我的事!”说完头也不回地走了。

“以后你肯定会悔恨的，因为你辜负得太多了，包括青春、包括爱!”安琪怒不可遏地冲着徐丽娅的背影吼道。

四

“功夫不负有心人”，投之以桃，报之以李，人世间这种交换几乎随处可见。在汪祥大把大把票子的轰炸下，徐丽娅芳心涌动，两人感情开始升级了，每逢周末，他们便偷偷摸摸地幽会。

金钱确实是一种极具魅力的东西，它能使妙龄女郎投入八旬老翁的怀抱，能使花枝招展的女大学生心甘情愿地成为他人的情妇。

一个周末的下午，天气十分阴沉，乌云似决堤的洪水压城而来。林大卫和胡运来在商场买了东西匆匆返校，在路过一家豪华的舞厅门口时，正好与迎面而来的徐丽娅打了个照面。徐丽娅上身穿一件鲜艳的低开领蝙蝠衫，下身着一件丝绸超短裙，脸上化着浓艳的妆，浑身飘溢着香水味，走路一扭一摆，像在台上表演的时装模特，娇态百出。

徐丽娅显然也发现了林大卫和胡运来，她略微一愣，便又平静、冷淡、高傲地从他们俩身旁一扭一摆地走了过去，连胡运来她也没理睬。

“徐丽娅！”林大卫怒气冲冲地叫了一声。

徐丽娅回过身来，一脸的不屑：“干什么？”

“一块儿散散步好吗？”林大卫克制着自己，尽量使自己的话显得柔和些。

“神经病！”徐丽娅抛下一句转身欲走。

“徐丽娅，你一定会后悔的，你在玩一场人生游戏，在拿自己的青春和前途赌博！”林大卫愤愤地大声说道。

徐丽娅又转过身想说什么，这时舞厅门口一位衣冠楚楚的男人在亲切地招呼她：“徐小姐，舞会开始了！”

徐丽娅向那人抛去一个妩媚灿烂的微笑，柔声说道：“等一会儿嘛！”

接着她转过头来对着林大卫冷冷地说：“不要再来烦我！”说完便向舞厅门口径直走去，腰肢似乎扭摆得更厉害了，林大卫的脸由红到紫，由紫到白。

“徐丽娅，你她妈真不是东西！”他怒火冲天几乎是在咆哮。

徐丽娅已挽住那个男人的胳膊飘飘然地进入了乐声嘈杂的舞厅，根本听不到他的声音。

林大卫忽然感觉到心里涌出一阵酸苦的滋味，一股浓浓的酸涩被兑换成浑浊的咸苦，那直入肺腑的苦味差点呛出了他的眼泪。起风了，很大很急很猛的风，林大卫顶着风向海滩跑去，他两眼血红，乱发飞舞，像一匹野马，胡运来拦也拦不住，只好忐忑不安地在后面紧紧跟着。

这时的517宿舍里，李剑、孟岩飞、于波、童雷、安琪、左香雪六个人正在热热闹闹地打扑克。

宿舍的电话铃突然急促地响起来，李剑吓了一跳，抛下牌拿起话筒，里面传来胡运来焦急的声音：“李剑吗，快到市东郊的海滩来，刚才大卫与徐丽娅吵了架，他一口气跑到海滩来，我真怕他出事！”

“运来，你一定要盯好他，一定盯好他，我们很快就到！”他放下话筒，招呼了一声，六个人便急匆匆地下楼去了。

当一行人风风火火地赶到海滩时，狂风夹着暴雨劈头盖脸地砸了下来，暴雨下暗了天地，密集的雨珠发狂般地打击着大地。他们终于在茫茫的雨雾中找到了喝得醉醺醺一会儿哭一会儿笑的林大卫和手足无措的胡运来。

林大卫手里拎着个酒瓶正在叫喊："她没脸呀，她没人格呀，她算什么大学生，她是个什么东西！"

李剑跑上去扶住林大卫，心痛地说："大卫，回学校吧，当心淋出病来！"

"不要管我，不要管我。这世界上许多东西我是奢望不到的，在这个缤纷的可恶的世界上，我只能，只能充当一个旁观者的角色呀！"林大卫喊着，满眼满脸不知是泪水或是雨水在流。

李剑劝道："大卫，你要冷静，事情不会永远这样下去的！"

林大卫把李剑推向一边，向前跑了几步，又仰天大笑起来："什么事业，什么理想追求，都他妈见鬼去吧，这些能值几个钱，能玩女人能娶老婆能让鬼推磨吗？"

"大卫，你喝醉了！"李剑冲林大卫喊道。

"没醉，没醉，我很清醒，我太清醒了……"林大卫叫道。

"大卫、大卫……"李剑又跑上去扶他。"不要管我，不要管我呀！"林大卫歇斯底里地叫着，一用力把李剑推得后退了好几步，一个趔趄差点跌倒，林大卫又开始叫喊起来，"苍天啊，看看这个世界吧，看看这个污秽的世界吧，看看这虚荣战胜纯真，金钱主导一切的世界吧……"

一道耀眼刺目的闪电，一阵滚动炸响的雷声，雨似乎更大了。

李剑朝着林大卫猛扑过去，一把夺下他手中的酒瓶随手甩入海水里，紧跟着一个漂亮的勾脚将林大卫摔倒在地，几个动作仅仅十几秒钟，干脆利落。李剑冲着趴在地上的林大卫吼道：“叫什么，有能耐把我也打趴下！”

林大卫从地上猛地跳起来，恶狠狠地扑向李剑，两个虎实的小伙子扭作一团。暴雨瓢泼似的倾倒着，几个回合后，李剑又将林大卫摔倒在海滩上，林大卫很快又爬起来迎着李剑再扑上去，但很快又被摔倒。安琪吓得大叫：“别打了，别打了，求你们了……”左香雪也吓得哭出声来，其他几位男生也呆住了，不知如何是好。林大卫爬起来被摔倒，再爬起来再被摔倒，如此反复十余次，他终于趴在地上一动也不动了。

沉默良久，李剑弯下身将趴在地上落汤鸡似的林大卫搀扶起来，掏出手帕擦了擦他满脸的泪水和雨水，林大卫盯着李剑的脸突然叫了一声：“阿剑！”失声痛哭起来，两人一下子紧紧地搂抱在一起，两个老同学老朋友此时此境最能体味到友谊的真诚和温馨。李剑拍着林大卫的脊背说：“振作起来，大卫，做男人就必须学会潇洒地面对一切。”林大卫使劲儿地点了点头。周围的人都被感染了，安琪哽咽连连，左香雪抽抽搭搭地哭起来。

一行人走进海边一个亭子里避雨，雨仍在下，但明显小得多了。“人世间有无数座桥都能一一通过，却难过这心之桥！”林大卫望着雾茫茫的大海戚然道。

“大卫，你拼命追求的东西并不一定就适合你，就像一双漂亮但不合脚的鞋子，纵然你穿上也不一定舒服，所以你不要太悲伤。”孟岩飞瓮声瓮气地说。

“男子汉应当有挑得起山的脊梁，盛得下海的心胸！”胡运来向林大卫投以真挚的微笑。

“不要让一件事情的不愉快破坏你对其他事情愉快的权利！”安琪温和地说。

“大卫，一切都会好起来的！”左香雪细声细语道。

“‘欲除烦恼须无我，历经艰辛好做人’呀！”于波摇头晃脑地说道。

雨停了，彻底地停了，天空在慢慢地放晴。一望无际的大海如蓝绒地毯，随着海风的韵调起伏。

一行人沿着海滩开始慢慢地往回走，李剑望着西边几抹绯红的晚霞，缓缓地说：“每个人在生命的历程中都可能面临这样或那样的挫折，就像面对这燃烧的晚霞一样，有人感觉是黑夜的逼近，有人却看到了黑夜背后的朝阳东升。”

林大卫默默地听着走着，他忽然抬头望了望那壮丽的晚霞，眸子里闪着亮光。是啊，太阳每天都是新的，明天将会有一轮新的太阳。

五

星期天早上，秋高气爽，阳光明媚，天空澄清。在食堂门口，安琪迎面拦住了刚吃完早饭匆匆往宿舍楼走的李剑。

安琪一脸的羞涩：“我想请你到我家里去一趟，好吗？”

“怎么忽然有了这种想法？”李剑脸上掠过一抹不解的表情。

安琪脸上顿起两晕潮红，嗔怒道：“你到底去不去？”

李剑赶忙点头："当然去，当然去啦。"

两人肩并肩地走到校门口的公共汽车站牌旁等车。天空一碧万顷，太阳温柔地爱抚着，安琪立在路边，长长的黑发，粉红色的裙裾随风飘扬，靓丽的少女美在清新的晨光中荡漾，李剑拉着安琪的手，充满幸福感。

安琪拉着李剑随人群鱼贯登上车，车厢内很拥挤，他们俩紧紧地贴在一起。李剑一只手拉着车厢里的横杆，一只手拥住安琪的腰，把她揽在怀里，用自己结实的身体和宽厚的胸怀护住安琪。安琪也尽力地使自己藏在李剑港湾似的怀抱里，她偶尔抬起头，送给李剑一个甜蜜的微笑。安琪一头非常茂盛的长发就贴在李剑的下巴上，乌黑的长发散着幽香，李剑整个身心都沉浸在幸福和欢乐之中。

他们俩下了公交车，穿过市政府大门前的广场，来到一幢家属楼前，楼梯口一位端坐着戴着红袖箍的老大娘满面笑容地与安琪打招呼："琪儿回来了！"

安琪点了下头，柔声说："伯母好！"

老大娘又意味深长地上下打量李剑，李剑脸一下子红起来，冲她勉强一笑，便紧随着安琪上楼去了。

到三楼安琪家门口，安琪朝李剑柔媚地一笑，攀住他的脖子吻了他一下，轻声说："我爸在家呢，他很好客，不过，与他谈话要机灵点哟！"李剑一下子紧张起来，他怯怯地点了点头。安琪并未用随身带着的钥匙开门，而是轻轻地敲了两下门："爸——开门呀！"

屋子里立刻传来一声浑厚的男中音："来喽、来喽，哎哟，我的小公主回来了！"门开了，一位五十岁左右、精神饱满、身材魁伟的男人立在门口。

好面熟，李剑心里想。他极力地在脑海里搜寻着整理着由于紧张而慌乱的记忆。

“哦，这是谁?”安琪爸问。

没等李剑有什么反应，安琪已娇嗔地冲着她爸叫了一声：“爸——!”

安琪爸顿时乐呵呵地笑起来：“哎哟，我明白了，我明白喽。上个星期天，琪儿回来取东西，临走时在我面前忸忸怩怩的，像是有什么心里话想对我说。我问她，她却吞吞吐吐地咕噜了半晌，她才红着脸说过几天给我领回来一个大男孩来，问我会不会怪她。还没等我再细问个究竟，她就笑嘻嘻地跑走了，这几天我正惦记着这事呢，这可就来了……”

李剑脸一下红到耳根，腼腆得像个小姑娘，安琪摇着她爸的胳膊含羞带嗔地叫道：“爸……”

“好，好，我不多嘴了!”安琪爸笑吟吟地把李剑让进客厅。

李剑终于想起来，安琪爸就是自己在友谊大酒店为他做过翻译的市长安志华，李剑越发地紧张激动和兴奋了，眼里闪着晶亮的光，禁不住脱口道：“安市长，您还记得我吗?”

安志华诧异地凝视了李剑一会儿，终于拍着脑门哈哈地笑起来。

“记得，记得，我说怎么眼熟，瞧我这记性，你是小李子吧!”

一老一少的一双饱经风霜的手和一双踌躇满志的手紧紧地握在了一起。这倒把一旁的安琪给搞糊涂了，她惊奇得瞪圆了双眼：“怎么？你们俩认识?”

“岂止是认识，还打过交道呢，小李子曾为我做过翻译，那可是帮了我的大忙喽！”安志华笑逐颜开地说。

“哎哟，原来被市长大人吹得天花乱坠的大学生翻译就是你呀！”安琪点着李剑的鼻尖笑着调侃着，李剑顿时又面红耳赤，木讷讷地不知说什么才好。

安志华虎脸道：“不许无礼，快沏茶拿糖果招待客人！”

李剑打量了一下这间设计别致的客厅，四壁是雕着雅致花纹的木围墙，恰到好处地挂了几幅考究的山水画和几副伟人的挂像，天花板上是花环状的吊灯，地板上铺着红色暗花的地毯，屋角是棕榈、万年青和一台精致的落地钟，静静的大彩电上躺着一只悠闲的瓷雕小猫，而彩电的旁边则立着两匹奔腾驰骋的唐三彩骏马。宽宽的窗台上放着两盆玲珑的盆景和一本台历，窗台下的书桌上并排放着三部电话，电话内容记录簿和号码簿很热闹地挤在它们周围，一只长长的红色圆珠笔很孤傲地立在电话后面那小小的笔筒里。

安琪把洗得发亮的苹果和五颜六色的水果糖以及沏好的龙井茶端到茶几上，安志华今天显得异常兴奋，他不断地寻找话题与李剑攀谈，似乎一见如故。李剑悄悄地打量着安志华，只见他饱满的前额印堂发亮，方正的国字脸，漆黑的剑眉下双目炯炯有神。他言谈举止自然，没有丝毫的官架子。

安志华乐呵呵地为李剑削了一只大苹果，递给李剑：“吃吧，边吃边聊！”

接着他又笑吟吟地问李剑：“小李子，毕业打算到什么样的单位去工作呀？”

“我想到国有大中型企业去，即使目前情况不好也愿意去，因为大中型企业是国家经济的命脉，是国家经济建设的重要战场。”李剑庄重而又略显激动地说。

“好，有志气，有远见。”安志华满意地微笑着，“你呢，安琪?”

“我可是想到外资企业去，那里有较好的成长环境，当然，也有较高的经济收入。”安琪抿嘴一笑说。

“哦，这主意也不错，不过我要提醒你们这些踌躇满志的年轻人，走上社会后，勿忘改造社会之重任，不能急功近利，或是人浮于事当撞钟和尚。”

李剑和安琪点头赞成。

安志华起身走到窗户旁，推窗远眺，金色的阳光洒满了他那饱经风霜的脸上，照射着他那高大魁伟的身躯。远处，横亘在市郊的那座山峦正沐浴在阳光里，如同银龙一般闪光。

屋子里一片沉默，一股清爽的风从窗口吹进来，安志华深深地吸了一口清新的空气，像是在自言自语：“我真羡慕你们所处的这个红红火火的时代和你们的年龄啊！我们年轻的时候，连生活最基本的要求都得不到满足，甚至要在绝境中以命相搏，与时代的谬误奋争，命运要求我们必须坚强，必须抗争，必须为自己的生存自己的向往去努力，而且不会有一丁点喘息的机会。我们这代人把热泪、热血都洒出去了，洒向了黄土地、黑土地，洒向了那个时代的各个角落。”

屋子里的空气像要凝结了，能听到两个年轻人怦怦的心跳声，安志华转过身来面向两个凝思的年轻人淡然一笑说：“一个人出生、生活在哪个年代，是无可选择的。”他缓缓地走到沙发边坐下来，审视着两位年轻人平静地说，“你们或许永远也体会不了我们这代人的心境。”

安琪和李剑对视了一下，安志华又温和地说道：“你们这代人与我们相比，最缺乏的就是使命感、责任感和风险意识。你们最需要的不是卡拉OK、精品屋和变速车，而是坎坷、艰辛，通过坎坷、艰辛的磨炼，来铸造和完善你们的性格。可以这样认为，你们这一代人以及比你们更年轻的中小学生的道德品质培养问题，已经关系到我们整个民族的繁荣和昌盛。现在不少报纸杂志不是正在辩论日本人的一个断言吗，日本人曾在一个中日联合举办的小学生夏令营里宣称：21世纪，中国将再次被日本征服。这件事的真实与否我想我们没有太大必要去深究，但它从一个角度正揭露了你们年轻一代的性格弱化问题，这应该引起我们全民族的反思和危机意识了。作为大学生，我认为你们必须把自己的追求凝铸于国家和人民的事业中去，树立强烈的责任感和危机意识，努力拼搏，把自己培养成为一个有思想深度、有坚定信仰、有高深知识水平和实践能力的现代化人才。”安志华脸色微红，显然有些激动，李剑和安琪认真而专注地听着、思索着。

“每一个时代所发生的每件事情都具有其特殊的历史背景，我们这代人所处的时代是一个幸福而又优胜劣汰的激烈竞争时代，它哺育着我们也在考验着我们，我想我们这代人会全力以赴地朝着我们全民族认定的、期望已久的目标前进的！”李剑诚挚地说。

安志华慈祥地望着李剑，微微颔首。他打心眼里喜欢面前这个年轻人，他思路清晰，洞察力逻辑性强，富有激情和事业心。在当今这个时代，确实有一批像李剑这样优秀的年轻人。

“我想再多说几句，要成就一番事业，要实现宏伟目标，必须靠两条：一有热情；二能吃苦。记住，人生也是一所大学，要不断地学习、成长。”

李剑认真而庄重地回答：“安市长，您的话我们一定牢记，我们决不辜负您的期望。”

安志华送往嘴边的茶杯停在半空，他俯身前倾望向李剑，微笑问：“你刚才叫我什么来着，我可不乐意你称呼我市长哦!”“爸——”安琪马上娇嗔地叫起来，李剑脸上立刻潮红起来，嘴唇动了几下：“伯父……”

“这就对了吗，好了好了，你们年轻人聊吧，我到厨房里去露两手，给你们准备一顿丰盛的午餐。”

“爸，还是我来吧!”安琪站起来说。

“不啦，你陪小李吧，我正好可以活动一下筋骨!”

安琪兴高采烈地拉着李剑进了她的房间。雪白的墙上挂着一红一蓝两幅蜡染布做的壁挂，这肯定出自安琪的巧手。明亮的窗前挂了一串银色的风铃，风儿从窗外热热闹闹地吹进来，抚弄得它丁丁零零又摇又唱。窗台上很随便地放着一盆漂亮的盆景，窗台下放着一架雅马哈电子琴，琴的旁边立着一个米老鼠和一个一摸就哈哈大笑的不倒翁。最引人注目的是窗台上放着一个精巧的蝈蝈笼，里面那只小精灵一旦唱起歌来，给人一种田野的韵味，似乎在蝈蝈的叫声里就能嗅到高粱、玉米的芳香，看到大麻秆的碧绿。床头边的写字台上、书架上摆满了书，还有一些木雕或瓷雕的小玩意儿，脚下是柔软的地毯，地毯的图案十分迷人，是一只可爱的在百花丛中睡得香甜的小猫，令人情不自禁地想俯身触摸它那满身软茸茸的毛。

李剑坐在小沙发里，亲切地望着安琪，安琪温柔地抚弄着她乌黑的头发。她今天格外的美，一颦一笑都楚楚动人。

“你爸是位令人钦佩的领导！”

“我也这样认为，他工作严谨，注重实际，并且想干，敢干，果断利索富有远见。在我的印象中，他从来都是堂堂正正，一身正气！”安琪又自豪地说，“他开大会做报告时从不带草稿，讲话发言头头是道，层次分明，针对性逻辑性强，稍加整理，就是一篇很像样的理论文章，完全可以拿到市报上发表。”安琪显然对爸爸由衷地佩服和挚爱。

李剑笑起来：“安琪，你爸刚才谈到他年轻的时候似乎有些激动！”

“他总是这样，妈妈活着的时候，他经常跟妈妈念叨他苦涩又多彩的年轻时代。妈妈去世后，他似乎无人述说了，就有了在大窗户前沉思默想，极目远眺的习惯，他站在那里似乎在酝酿着一件极重要的事，又像是在追寻如烟的往事。”安琪淡淡地说。

李剑不由得想起了他妈妈，她也有临窗凝思的习惯，有时还会在凝思默想中泪光盈盈。

“我真希望我爸爸再找个老伴，倒不是我想再找个后妈！”安琪抿着嘴微微一笑说。

李剑也笑起来：“小心你爸听到了骂你！”他说完站了起来走到书架旁，随意抽了一本书翻了翻说：“安琪，你去厨房帮你爸一下吧，我在这随便看点什么。”“好吧，开饭了我来叫你！”安琪笑吟吟地到厨房去了。

饭很快做好了，圆圆的饭桌上摆得满满的，很是丰盛，三人围着饭桌边吃边聊，安志华不时地往李剑碗里夹菜添汤。

“你爸在哪个单位工作?”安志华问李剑。

“‘文革’时，他病逝在牛棚里了!”李剑黯然地说。

安志华夹菜的筷子停在半空中，两道眉毛拧成了一条线。“你妈妈呢?”安志华又问。“她在一个研究所工作!”李剑回答。“家里就你和你妈吗?”“是的。”李剑扬了一下眉毛回答。“哎呀，爸快吃饭吧，你怎么当起户籍警来了。”安琪在一旁说道。安志华笑起来：“这鬼丫头，没大没小的!”

屋子里忽然响起了一阵清脆的丁零零的声音，那是安琪房间的风铃在歌唱。

第七章 春去春又回

一

徐丽娅的事东窗事发了。

一天傍晚，她在公园与汪祥约会时，被跟踪的汪祥老婆抓个正着。那女人又吵又闹又骂，疯子一般抓住徐丽娅的头发，两人扭打成一团，围观的人当然很多，至少在半个月内人们茶余饭后又有笑话可谈了。后来汪祥的老婆又闹到了学校，站在校办公室吵闹不休。校方对徐丽娅的情况早有耳闻，如今人家骂着找上门来，搞得全校沸沸扬扬当然不会饶过她。徐丽娅受到了留校察看的处分，这时距她毕业也仅剩半年之多了。但徐丽娅并不放在心上，还整日浓妆艳抹哼小曲。事发后过了一段时间，徐丽娅又找汪祥，汪祥不知是迫于社会舆论还是老婆的威胁或是对徐丽娅腻烦了，他拿出两万元人民币交给徐丽娅，求她以后不要再来找他了。徐丽娅气得浑身发抖，与汪祥大吵大闹扇了他几个耳光后，当即与他分道扬镳了。

以后的日子里，徐丽娅郁郁寡欢，满脸的懊丧和晦气。

一个月后的一天，安琪忽然把一张本市日报丢在徐丽娅面前“请”她过目，徐丽娅拿起来一看，第二版上一行黑字惊得她出了一身冷汗，“市石化公司经理汪祥因贪污、挪用公款被批准逮捕”。她不由得又庆幸自己与汪祥断了关系。

年底期末考试，被昔日经商打工潮搅得沸沸扬扬的大学校园，渐渐平静下来。许多出去赚钱的学子又开始纷纷返回校园，走进课堂，恢复了“三点一线”式的学习生活。晚上整个自习教室座无虚席，图书馆人满为患，读书热潮在大学校园里升温。许多经历了经商下海的学生，都别有一番滋味在心头。517 宿舍的于波“西装领带手机，食下馆子行打的”，堪称大款，可谓是经商潮中的佼佼者了，而童雷就逊色多了，他的收获除了微乎其微的收入以外，更多的是艰辛和苦涩。

一个周末的下午，外面纷纷扬扬地飘着雪花，喧闹的世界一下子被瑞雪覆盖，变得寂静起来。517 宿舍里则十分热闹，六个人正饶有兴趣地谈论着昔日大学生们慷慨激昂地从象牙塔里走到围墙外，今天又悄无声息地从精彩的校外世界返回书斋这一有趣过程。

童雷首先诉苦说：“看到许多同学出去打工挣钱有的还挂上了手机，煞为风光，我才下决心试一试，为一家公司推销产品，整天骑车满街跑，有时还逃课出去，在学业上欠了不少账，虽然也得到了一点收入，但付出的却是辛苦的劳动和珍贵的学习时间，真是苦不堪言，很不值得。”

于波笑了笑说：“尽管我赚了点钱，但我觉得市场经济更需要实实在在的真本事。前几年从商者的素质普遍不高，现在许多商人的能力则强得多了，我们这些在校学生根本不是他们的对手，差别就如专业歌手与业余歌手之间进行的较量。经历了一番商潮后，我更加认为，读书才是最明智的选择，没有雄厚的知识基础，难免捉襟见肘，不会有太大的成就。”

“各位注意了，”林大卫眉飞色舞地说，“分析一下于波和童雷二位的姓氏便可知为何前者发了后者跌了，于波者‘鱼’也，下海当然如鱼得水，童雷者‘痛’也，结果只有痛定思痛的份喽！”“哈哈……”大家都笑起来。

“我是很不赞成大学生下海的，一个学生毕业后至少要在社会上泡上四五十年，有的是认识社会的机会。而他一生在大学里的时间只有四五年，仅是前者的十分之一，牺牲这段宝贵时间是非常不明智的。”孟岩飞说道。

“我与岩飞的看法比较一致。”胡运来接着说，“很多学生不惜放弃许多业余时间，甚至逃课去经商打工，还自我开脱：了解社会，认识社会。我觉得这完全是一种短视行为。大学里实际上有许多专业性很强的课程，不仅需要老师的传授，还要在实验室里严格、认真、反复地实验，这是在校外所不能得到的。”

李剑笑着说道：“我不提倡涉足商海，更反对逃课去挣钱，不过利用假期找一个与所学专业有联系的工作试一试，锻炼一下自己的综合能力，我看还是有好处的。当代社会更需要适应能力强，既有专业知识，又懂管理，善于交际的复合型人才，这就对我们自身素质提出了更高的要求，如果当‘书呆子’，或做皇帝的女儿不愁嫁的梦，恐怕也是不明智的，我以为这里面存在一个‘度’的问题，要摆正学习和业余实践的主次关系，不能本末倒置。”

“对！”林大卫说，“‘风物长宜放眼量’，专心读书的同时，也应该有意识地锻炼一下自己的能力。”

他们兴致勃勃地谈论了很久很久，似乎已经找到了与时代需求的交点。

经历了各种“热”冲击的大学校园终于再一次冷静下来。智慧和能力正在这里升值，这里的变化静悄悄的，这里的变化令人亢奋，这不仅仅是学子们个人的心态和能力取向的变化，而且是一个时代的变化。

寒假里，李剑在家里做饭，打扫卫生，与妈妈聊聊天，陪她看看京戏，临近春节，他又忙着帮妈妈办年货，他一年难得与妈妈有几次长时间厮守的机会。这个时候也肯定是他妈妈最开心的时候，她脸上整天都挂着微笑，有时，还会立在楼道里与邻里主妇们闲话家常。

大年三十那天傍晚，李剑骑着自行车到百货大楼买些糖果、红蜡烛什么的，当路过市政府西侧的围墙时，他忽然看见安琪挽着安志华的胳膊，沿着墙角，悠闲地散步。市政府的围墙是朱红色，地面上是一层上午飘下的薄薄的雪，父女俩走在红与白鲜明的对比中，迟缓的脚步踏在不算薄的白雪上，发出轻微的咯吱咯吱声。父女俩的身后，是两串逶迤的、深浅不一的脚印。

李剑犹如观赏一幅精美的油画，心灵受到微微的震撼。他本来想走过去打招呼，但他们父女俩那亲昵的神情分明告诉人们：不要打扰我们，不要走进我们的世界。

李剑默默地望着他们，直到他们缓缓地转过墙角，消失在视线里。

二

明媚的春天夹在寒冷的冬和燥热的夏之间，很短很短，短得以至于让人眷恋让人心碎。大学生活中的最后一个春天，犹如一部短小的五彩缤纷的话剧，缓缓地启幕，还没容得人更多地品味和遐想，便又缓缓落了幕。就像短短四年的大学生活一样，学子们还未体味够其中的酸甜苦辣，便要在欢声笑语或唏嘘中告别这熟悉的校园及情谊很深的同窗，各奔前程了。

毕业生们似乎更加喜爱校园里的一草一木一砖一瓦，更加眷恋校园里的湖水、鸟鸣和阳光了，这种感觉与刚踏入大学门槛时的感觉极其相似。

阳春三月，一个星期天的上午，春光明媚，惠风和畅，李剑与安琪一块骑着自行车兴高采烈地从学校到李剑家去。李剑想让妈妈见见安琪。他俩骑着自行车穿过几条马路，拐进一个家属院里，院里几株梧桐树下一群孩子正在嬉闹着荡秋千，几位老太太端坐在暖洋洋的阳光下眯着眼睛晒太阳。两人下了车，安琪是异常地兴奋和激动，她渴望赶快见到那位心目中的好妈妈，可又有几丝不安和胆怯。

到了楼梯口，他们恰好与下楼的李剑妈妈刘瑛照了个面。“妈妈”，李剑叫了一声。“哦，剑儿回来了！”刘瑛微笑着说，她打量了一下李剑身后的安琪，微笑着问："你是安琪吧？""嗯。"安琪点了点头，有礼貌地说了声，"阿姨好！"两颊便红了起来。

"真是个好姑娘！"刘瑛走过去慈爱地抚摸安琪满头的黑发，安琪顿时感到了一种向往已久的，慈祥的，温馨的母爱，心底油然升起一股暖流。"阿剑，你怎么不事先与我打个招呼，你这孩子。"刘瑛埋怨道，李剑只是微笑，不吱声，刘瑛又拉着安琪向自己靠了靠，抚着安琪的前额柔和地说，"真对不起，安琪，我正好要去单位加班，前段时间接受了一个科研项目，很忙，以后有空了一定再约你，咱俩再好好聊聊，好吗？""好的，阿姨！"安琪点头回答。"真是个好姑娘！"刘瑛又轻轻地抚安琪的头发说，"剑儿，领安琪回家歇歇吧，冰箱里有肉有菜。中午你们就凑合着吃吧！"她说着推上自行车冲安琪柔和地一笑："再见，安琪，常来玩啊。"骑上自行车就走了，安琪怔怔地望着刘瑛远去的背影，泪水扑簌簌地滚落下来。"你怎么哭了，安琪？"李剑吓了一跳，慌忙问道。"我，我也不知道……"安琪低声说。

李剑挽着安琪一边上楼一边说："我妈是市太阳能研究所的工程师，她平时只有两个宝贝，一个是她的事业，一个是她的儿子，有时她热爱她的事业大大胜过爱她的儿子。"安琪禁不住扑哧一声笑了。

李剑打开家门两人进了屋，这是一个很普通的知识分子家庭，给人印象最深的就是书，客厅里、卧室里、沙发里、茶几上、写字台上到处都是书。

李剑忙不迭地给安琪沏茶、削苹果、找巧克力，他知道安琪最喜欢吃巧克力。安琪很随意地四下打量，看那些令人眼花缭乱的书籍，又顺手拿起写字台角上一本厚厚的相册翻看起来。李剑在客厅里大声问道："我的大小姐，巧克力找不着，只有口香糖。"

"那我不管！我只要巧克力。"

李剑嘟囔着又开始在另一个房间转悠着找巧克力，安琪哧哧地偷笑随意地翻看着相册，相片大部分是李剑妈妈与儿子及单位同事的合影。忽然安琪被一张微微泛黄的黑白照片吸引了，照片上一个美丽的少女微笑着站在海滩上，背衬悠远无际的大海和天宇，长长的黑发随着海风飘逸着，照片的背面有两行淡淡的钢笔字，一行俊秀小巧：蓝天啊多么辽阔，正盼着我们自由翱翔；一行流畅有力：大海啊多么宽广，正等待我们扬帆起航。安琪尖叫起来："李剑赶快来看啊！"李剑匆匆地走过来，安琪惊异地指着那张照片说："你看这张照片！"

李剑扫了一眼笑起来："那是我妈上大学时的一张照片，她一直珍藏着。"

"我爸的相册里也有一张与这张一模一样，连背后的字都一模一样，下面这一行字分明是我爸的字！"安琪急促地说。

"什么？上面那行字是我妈的字呀！"李剑瞪圆了眼睛说，这会儿该他大吃一惊了。

"要不再拿这张与我家的比较一下吧？"

"好，就这样，走，快去你家。"两人又风风火火地骑车去安琪家。路上，李剑问安琪："你爸是哪所大学毕业的？"

"S大呀，与我们同一母校！"

"天呀，我妈也是！"两人都忐忑不安起来，再也不说话了，默默地蹬着车。

到了安琪家，安志华不在家。安琪匆匆忙忙地把相册找出来，翻出那张照片，两人顿时都呆住了，两张照片显然出自同一底版，背后的字迹也一点不差。安琪怔怔地望着李剑，李剑木讷地望着安琪。良久，安琪才颤悠悠地说："我常见我爸一个人久久地凝望着这张照片发怔！""我妈也是，有时看着看着还会莫名其妙地抹眼泪呢。"

"他们一定是大学里的同学！"安琪喘了口粗气说。

"说不准甚至还是恋人呢。"李剑也紧张地说。

两个年轻人再不敢说也不敢往下想了，只是呆坐在沙发里。

这时响起了开门声，安志华回来了。这开门声让两个年轻人紧张得心跳加快，安志华推门进来看到了安琪和李剑，乐呵呵地说道："哎哟，年轻人，你们早已埋伏在这里了！"

李剑和安琪怔怔地望着安志华，安志华莫名其妙："怎么了？"

"爸，你看这两张照片！"安琪把照片递给安志华。安志华接过照片一下就僵住了，脸上的笑容也慢慢地隐去，屋子里一下静下来，连空气都要凝固了。

"这张照片是从哪里弄来的？"安志华问，声音有些颤抖。

"是李剑妈妈的！"安琪说。

"李剑妈妈？"安志华诧异地望了望李剑，激动地问道，"你妈叫刘瑛？"李剑木讷讷地点点头。

"二十五年了，整整二十五年了呀！我终于找到她了。"安志华潸然泪下，唏嘘不止。

两个年轻人被惊呆了。良久，安志华才缓缓地抬起头，掏出自己的手帕拭着眼角，颤悠悠地问李剑："你妈现在好吗？""好……"

"她在哪上班？""市太阳能研究所！"

"她现在在家里吗？""她现在在单位加班。"

"爸，这到底是怎么回事？"安琪着急地问。

"以后爸爸会告诉你们的。"安志华喃喃地说完，便踉踉跄跄地走进了他的卧室，他的表情看不出是兴奋或是苦涩。安琪忐忑不安地跟了进去："爸……"安志华轻轻地挥了下手："没什么，我想一个人静静。"

安琪退了出来，疑惑地看了看李剑，李剑此刻也一脸的茫然。

过了好大一会儿，李剑看了看手表，对安琪说："我们该返校了！"安琪不安地看着李剑，没吱声，站起来又推了开卧室的门，轻声说："爸，我们回学校了，你，你没什么事吧！"

安志华似乎已恢复了平静，他淡然一笑说："去吧，安心学习，不要多虑，这是一件令人高兴的，应该庆贺的好事！"

李剑和安琪轻轻地带上门下了楼，李剑长长地舒了口气，问安琪："到底怎么回事？我都有点蒙了！"

"他们俩过去肯定有一段非同寻常的交往！"安琪说。

"瞧你爸那痛苦不堪的样子，像失恋似的！"

安琪狠狠地捶了他一拳，怒道："都到什么时候了还有心思开玩笑！"

"我们有没有必要把这件事告诉你妈妈？"安琪问。李剑想了想说："还是不告诉的好。我们还是先静观一下事情的发展再说吧！"

三

安志华坐在卧室里，陷入了痛苦的回忆。

大学三年级时，他与同班的一位美丽善良的姑娘刘瑛相爱了，那时他们激情满怀，踌躇满志，心里充满了对事业对未来对生活的美好向往。一个阳光明媚春意盎然的星期天，他借了一架相机，和刘瑛一起来到大海边，在美丽的海滩上他兴高采烈地为刘瑛拍下了那张照片，洗了两张。他们俩又满怀憧憬地在照片背后写下他们诗一般的话语和美好向往，然后每人珍藏一张。

可是不久，“文化大革命”开始了，社会变得混乱，动荡起来。大学校园很快也变很混乱、浮躁、狂热起来，大标语、大字报糊得没了墙，墨汁倒在老师的衣服上，纸篓扣在“牛鬼蛇身”的头上。彬彬有礼的女大学生一夜之间变成了腰扎武装的“斗士”，男生也一个个威风凛凛，高挽着袖子骂着脏话。就在那个酷热的八月，欧阳校长在宿舍楼前被残忍地打伤致残。安志华和刘瑛那时都是学生会的干部，面对风云突起的社会运动，他们深感惶惑、担忧和愤慨。那天真烂漫的梦想也随之破灭了。

一天上午，安志华、刘瑛等十余名学生到医院去看望被打成重伤的老校长，一帮造反派也冲进了医院，要揪老校长返校批斗。安志华挺身而出，挡在他们前面，大声喝道：“人都伤成这样了，你们还揪住不放，到底有没有良心？”一个造反派头头气势汹汹地说："对破坏革命的反动权威我们决不心慈手软！"

"我不管什么反动权威，我只觉得欧阳校长是个好人！"安志华坚决地说。几个造反派闻听立即恶狠狠地冲向安志华，刘瑛勇敢地跑过去，护住安志华，愤怒地盯着对方，一同来看望欧阳校长的同学们也迅速地围了上去，造反派们见寡不敌众，退却了。临走时，造反派的头头指了指安志华和刘瑛狞笑道："告诉你们，不要再为修正主义路线献媚眼了，否则，有你们的苦吃，等着瞧吧！"说完一挥手，一帮人扬长而去。

欧阳校长很感动，也更加担忧："你们快走吧，不用管我，要多保重，也千万别惹他们。乌云是遮不住太阳的……"

事隔不久的一天，安志华，刘瑛等一批学生会干部正在开会，几个造反派气势汹汹地闯了进来，一个头头模样的人一挥手，厉声说："贴！"造反派们哗哗啦啦地满屋子贴大字报，然后扬长而去。大家一起看大字报，只见大标题是《学生会是反动窝巢》《请看汉奸之子——安志华》《修正主义的苗子——刘瑛》。刘瑛叫了一声："志华！"便伏在他身上痛哭了起来，安志华气愤地拉着刘瑛的手说："走，不理他们！"

在校园里一处草坪上，两人默默地坐着。良久，刘瑛含着泪问："志华，大字报上说你爸爸的事是真的吗？"

安志华苦笑起来："抗日战争时期，我爸妈还没结婚呢，我更加不知道在哪里了，怎么会知道那时候的事，由他们瞎说去吧！"过了一会儿，安志华站起来，有几分不安地说："我真的担心这场来势汹猛，愈演愈烈的运动，会给你、给我、给我们的国家，带来意想不到的厄运。"刘瑛点了点头："我也有这种忧虑。”

临近毕业的一天，安志华和刘瑛在相思湖畔心事重重地散步，突然冲上来一群造反派，气势汹汹地把他俩围了起来。一个造反派冲着安志华嚷道：“姓安的，还有心思泡女人，跟我们走一趟。”

“干什么？”安志华气愤地质问道。

“你的家庭有严重的历史问题，必须跟我们去揭发交代！”一个头头模样的人说。

安志华临危不惧，挺直胸脯说道：“你们这是污蔑！”

“还敢抵赖，校红色造反司令部决定召开关于你的批斗会。”头头模样的人恶狠狠地说。

这晴天霹雳，差点把刘瑛击昏了。在那个年代，善良的人一听到批斗会，就像踩了一条大蛇一样心惊胆战，面对这种场面，刘瑛大惊失色，不知所措。

“你们有什么权力，我抗议……”安志华气愤地嚷道。造反派们不由分说，连拉带推地训斥道：“少啰唆，快走！”一伙人推拥着安志华急急地向大礼堂走去，刘瑛紧紧地跟在后面，边喊边追边哭，心急如焚。

大礼堂里，几位满头银发的老教授正挂着大牌子立在台上，台下黑压压的一片人头，一片沉寂。几个造反派把安志华扭上台来，台下立刻轰动起来，安志华是学生会主席，在学生中是颇有影响力的人物。他穿着一身绿军装，昂着头，站在台上，凛然不惧。一个小头头火了，命令道：“安志华你不配穿军装，脱下来！”

安志华冲着台下狡黠地笑了笑说道：“这是革命的本色，

谁横加干涉，谁才是真正的反革命！”

台下有人在偷偷地笑：“妈的，你小子还配高呼革命，给他扒下来！”小头头更火了，安志华的军上衣很快被人扒了下来，露出一件红色的运动衣。刘瑛坐在台下，心里暗暗地祈祷着。那位小头头又来气了：“哎哟，这一身红装，你小子更配不上了，脱下来。”台下一片笑声，两个造反派又扑上来欲强行脱衣，安志华笑嚷起来：“别脱了，再脱我就要赤膊上阵了！”台下一片哄笑声，一个造反派大头头向尴尬的小头目耳语道：“他只是个小角色，让他在这儿搞什么乱，轰下去！”小头目向手下几个造反派使了个眼色，几个人立即扑了上去对安志华一阵拳打脚踢，将他赶下台去。

安志华脸色铁青地冲出大礼堂门，刘瑛喊着他的名字在后面大汗淋漓地追着。安志华一口气跑到海滩，伫立在海边，泪水顺着脸颊往下流淌，刘瑛跑过来一把抱住他。

安志华悲痛万分：“我想不通，我想不通，我的青春、理想难道就这样付之东流了吗？”

刘瑛强忍泪水，极力地安慰他：“不会的，不会的，也许这场风暴很快就会过去……”

安志华面向着暮色中的大海大声疾呼：“苍天呀，这到底是为什么，为什么呀？”海浪哗哗地吞没了他的声音。

刘瑛一边紧紧地抱住他，一边泪光盈盈地劝道：“志华，你要想开呀，要想开一点呀！”

安志华回转身与刘瑛抱在一起，一边抽泣一边说：“我不会轻生的，这样不明不白地死去，我能瞑目吗？”刘瑛再也忍不住，伏在安志华肩上热泪迸流……

毕业典礼上，造反派们在一浪一浪地喊口号，喇叭里播放着语录歌，建筑物上贴满了大标语、大字报，会场乱糟糟的。台上斗志昂扬，台下心绪纷杂，毕业典礼最后终于又发展成了激烈的批斗会。

离开S大的那一天，天空阴沉沉的，安志华、刘瑛等一批好友聚在一间宿舍里，有人准备了一瓶酒，大家都垂着眼皮，一言不发。良久，有人苦笑道："面对滚滚红尘的历史车轮，我们最明智的做法是：冷眼旁观，莞尔一笑……"立刻有人感叹道："难啊，树欲静而风不止。"

"唉！"屋子里一片叹息声。

有人推了一下坐在一旁默默不语的安志华："小安，你不说两句？"

安志华嘴唇抖动了几下，终于颤声说："我父亲定性了，是汉奸，现在下落不明，我可能很快就要被押回乡下去了……"

屋里更加沉闷，好一会儿，有位同学拍案而起："志华爸十四岁参加革命，打过无数的恶仗、硬仗，立下过赫赫战功，会是汉奸？日他奶奶的，现在是好人受欺、恶人当道，拿酒来！"

有人把酒一杯一杯满上，然后举起酒杯说："来，诸位，为我们的今天，也为我们的明天，干下这杯苦酒！"

大家举起酒杯，泪水落入酒中，一饮而尽。刘瑛及另外两个女生辣呛得直咳嗽，然后又是长时间痛苦的沉默。

安志华第一个站起身来，冲大家一抱拳："我先走一步了，望朋友们以后多多保重，好自为之。"

说完转身向门外走去，刘瑛跟了出来，拉着安志华的胳膊说：“志华，我是相信你的，我爱你，过一段时间，我们就结……”安志华没等她说完，便接过话来说道：“我们的事，等我父亲的问题搞清楚以后再说吧！”说完深情地看了刘瑛一眼，转身心情沉重地向前走去。

刘瑛紧追几步，动情地一下抱紧他，像是有很多很多的话要述说，而安志华再也不敢看她那对美丽的眼睛了，他果断地、轻轻地推开她：“阿瑛，我不想连累你，等问题搞清楚以后我会来找你的，多保重……”说完抹了一下满眼的泪花，头也不回地走了。

刘瑛泪光盈盈地愣在那里，良久，她双手掩面，失声悲泣起来……

这一别便是二十多年。

安志华再也抑制不住自己的感情，他只想马上飞奔到刘瑛身边，拉着她那洁润的双手，望着她那美丽的眼睛，向她述说他无尽的悲伤和思念。

夕阳挣扎着用它最后的火焰把整个天空燃烧得一片火红，云彩惊慌地在天空中奔走，时而像一层层喧哗的海浪，时而像一群群散漫的绵羊。安志华默默地立在太阳能研究所大门左侧的一棵梧桐树旁，心情时而激动，时而不安。

终于，有人走出来了，淡青色的裙裾像云朵一样舒卷，步履轻盈而沉稳，刘瑛猛然发现了他，一下子呆住了。

是她，是那双潭水般美丽而透明的眼睛。

是他，是那对明亮的热烈而深邃的眸子。

四目相对，人生的河流此刻突然激荡起来，时光纷乱而四溢了。

“阿瑛。”他叫，声音沙哑，激动中渗着苦涩。

“志华。”她声音微颤，惊喜中含着哀怨。

太阳悄悄地隐入地平线，喧嚣的城市安静了。

他哽咽连连，泪如泉涌，一双渴望的大手伸展开；她睫毛低垂，泪珠颤动，一双努力镇静的手迟疑着，两颗心在悸动，两个灵魂在战栗。终于，两双手紧紧地握住了，握住了已经远逝却永远铭刻心间的岁月……

“你怎么在这儿?”良久，她惊异地问他。

“这是天意，这是天意呀，阿瑛。咱们找个地方坐下来，我慢慢说给你听!”

城市华灯齐放，一片灯的海洋，古色古香的城市融入现代化的光影之中，咖啡厅里，摇曳着几支红烛气氛安谧。

他看着她，轻轻地笑了，发自内心地欢愉地微笑。她盯着他，嘴唇微微一弯，也笑了，温婉柔媚地微笑，与当年一样。

“一晃二十五年了，我们有二十五年没见面了!”安志华端详着刘瑛，感叹着一时说不清楚的许多。

时间又回溯到70年代初，安志华毕业后不几天，便被押回故乡苏南的一个小县城，回到家乡才听说，爸爸已被活活地折磨死了。他在家里待了不足五六天，便又被押到县专政队去了，而一进去就是一年之久。

刘瑛毕业后分到市太阳能研究所当了一名普普通通的技术员，她一封封地往安志华的家乡写信，但收到的却总是一封封贴着“查无此人”的改退批条的退信。半年多过去了，刘瑛忧心如焚，担心安志华会出什么意外。

一天，所长李大成同情地对刘瑛说：“小刘啊，你别急，最近我有个出差的机会，我可以绕道去他家乡帮你打听打听……”

李大成是一位有魄力有水平，憨厚豁达深受群众拥戴的好领导，他十三四岁就参加了革命，南征北战，出生入死，腰部还留有敌人的弹片，他的妻子和唯一的儿子也被国民党残酷地杀害了。中华人民共和国成立后，他被保送到苏联上大学，学成回国后，专心搞科研，一直未再婚娶。

刘瑛感激地握住李大成的手说：“那太好了，李所长，太谢谢您了！”

李大成显得有几分不好意思，收回自己的手，笑了笑说：“这是应该的嘛，还谢什么！”

经过几天的奔波，李大成终于按刘瑛写的地址一路问着走进一个小巷子里，他问一位老大娘：“老人家，安志华可住这儿？”

老大娘打量了一下他，指了指面前的小木楼说：“就住这里！”

李大成看了看小木楼，门紧闭着，上了锁。

“老人家，他人呢？”李大成又问。

老大娘朝四周看了看，低声说：“他父亲被活活打死了，说是什么汉奸，唉，多好的人呀，可谁给评这个理呢？”

老人拭了拭眼角又说：“志华回来没住几天就不见了，听说给逮到县专政队去了，那鬼地方天天打人呀，小华那孩子脾气太犟，这么长时间了，不知已经给整成什么模样了呢……”老人说着说着，又扯起衣角拭眼角。

李大成出了一身冷汗，他又问清了县革委会的地址，与老大娘道了别，提着旅行包，匆匆忙忙走进了县革委会大门。一位年纪与他差不了多少的干部模样的人问他："你找谁？"

"找安志华！"李大成小心翼翼地回答。

那人又问："你们是什么关系？"

李大成犹豫了一下，老实地说："没任何关系，只是受人之托，顺路来看看他！"

那人有点惊讶，悄声说："你不怕受牵连吗？"

李大成摇了摇头。

这时，年轻的专政队长闻声从屋里走出来，双手叉着腰，气势汹汹地问李大成："私事，公事？"

李大成："私事，就是想看看安志华。"

专政队长扫视着李大成问："什么身份？"

李大成回答："知识分子！"

专政队长嗤之以鼻："哼，臭老九，带什么东西了吗？"

李大成一愣，但马上便明白过来，他忙赔着笑脸说："哎呀，拜托拜托，进去看看，东西后补！"

专政队长吼道："放你娘的狗屁，少给老子玩花样！"

这位枪林弹雨里滚出来的汉子火了："你凭什么不让看人？"

专政队长更是怒气十足："妈的，你撒什么野？实话告诉你，安志华死了！"

李大成一听更急了，铁钳似的双手一下抓住了专政队长的衣领，怒吼道："怎么死的？"

专政队长奋力挣脱了，恶狠狠地说道："你算老几？我用得着跟你说。"

这时，一位干部模样的人赶忙过来把李大成推出大门外，好心地说："同志，赶快走吧，小心惹麻烦。"

回到研究所后，李大成犹豫了很久，终于还是敲响了刘瑛宿舍的门，刘瑛见到李大成，喜出望外地问："李所长，见到志华了吗？"

李大成支支吾吾不知如何回答。

刘瑛恐惧地问："他、他怎么了？"当听到安志华死讯时，刘瑛当即昏了过去。

一年后，刘瑛与深深地关心、体贴、安慰她的李大成结婚了。

其实，安志华并没有死，半年之后，他被放了出来，回到家门口，安志华痴痴地久久地立在小木楼前，心情十分沉重。

那位好心肠的老大娘走到他眼前，对他说："志华，半年前，有个城里人来找过你！"

安志华急忙问："是男的还是女的？"

"是位中年男人！"老大娘又接着说，"城里给你寄来过好多信，都给退回去了，这封是前两天寄来的，还没来得及退回去。"

安志华拿着信双手不禁颤抖起来，那熟悉的字迹映在面前："亲爱的志华，虽然你不在人间了，可你仍然在我心里活着。不久我就要结婚了，你会在天堂里祝福我吗？"

安志华猛觉天旋地转，急忙扶着桌子，跌坐在一张破椅子上。他从杂乱的抽斗里找了一根旧铅笔，从笔记本上撕下一页纸，急速地给刘瑛写回信。

这时外面突然响起砰砰的声音，门外有人在钉木牌，牌上写着四个刺眼的字："四类分子。"安志华拿着写好的信走出门口，看到这块木牌，愣住了，迟疑片刻，他转身回到屋里，将信撕得粉碎，撒向天空，碎纸片在空中打着跟头，挣扎着，飘落了一地，安志华双手捧着头失声痛哭："就让她当我死了吧，只要她能幸福就好……"

不久，安志华又被押往一个农场里被监督劳动。农场里有一群从城里来的知青，苗梦梅无疑是女知青中最美丽最富有涵养的一个。她一见到才华横溢的安志华便默默地爱上了他，而且爱得那样深那样痴情，她热心地帮他劳作，为他缝补，给他唱歌替他拭去泪花，在那个艰难的岁月里，她给了他生存的希望、勇气和力量。后来，他们结合了，在那个风吹雨打的年代，建立了一个温暖的小家。结婚那天，安志华拿着刘瑛的那张照片，端详了很久很久，最后含着泪用布将它细心地包好，放到了小木箱的底层。

安志华和刘瑛坐在咖啡厅，久久地沉浸在回忆里，误会消除了，多年封冻的河流一下解冻，涌流起来。

"你爱人现在好吗？"刘瑛问。

"她五年前去世了，老毛病了，还是在下乡劳动时落下的病。"

刘瑛惊异地扬起眉梢，嘴唇翕动了几下，最终没有出声。

"听李剑说他爸爸在'文革'时期去世了。"

"是的，我们结婚不久他便受到了冲击，先是靠边站，接着被打成'反革命'，不断地被揪斗被管制。后来我们俩被押往一个小农场里劳动，我因怀着李剑又因他一再地向上反映被恩准返城，而他却长眠在那座青山坳里了，再也没有回来。"刘瑛拭了拭眼角。

安志华双眸流露着浓郁的悲伤："那是一个辛酸、痛苦的年代，是一部人生的悲歌！”安志华沉重地说道，像在自言自语。

停了一会儿，刘瑛突然又像悟到了什么似的，问：“你刚才怎么提到了李剑的名字，你认识他？”

安志华笑了：“看来你还蒙在鼓里，今天上午李剑和安琪发现了你我珍藏着的照片。两个年轻人顺藤摸瓜，这不，一下子把你我，还有这些乱七八糟的辛酸历史都给拉出来了！”

刘瑛惊异地望着安志华问：“安琪是你女儿？”

“是呀，不像吗？”安志华狡黠地眨了眨眼睛。

刘瑛笑了：“安琪我见过一面，是个好姑娘呀！”

“你的李剑与我的安琪相爱着呢，他们俩可是顶好的一对哟。”安志华又乐呵呵地说。

“我也感觉到了，天哪，这不会是梦吧！”刘瑛感叹道。

“梦？恐怕你梦也梦不到这等好事。”

过了一会儿，安志华又说：“返城后，我曾四处打听你的下落，可一直得不到你的消息。”

刘瑛笑了笑说：“返城后，我走马灯似的换了好几个单位，前几年才又回到原单位——市太阳能研究所工作。”她轻轻地抿了一下头发，又接着说，“其实几年前你当选市长的时候，最受震动的恐怕就是我了。我万万没想到你还活着，我捧着报纸看着你春风满面的照片悄悄地哭了好多次，我想我们过去肯定是误会了，我真想找你好好聊聊，搞个明白。可一想事情都过去这么多年了，况且你已经有了一个幸福的家庭，工作也忙，何必再打扰你呢，就让我们之间的往事作为人生的一个小插曲结束吧，我便忍住了。”

“你差点让我遗憾终生，什么时候也无法磨灭你在我内心深处的位置，多年来我一直在深深地思念你。唉，看样子真应该感谢我们的下一代哟！”安志华微笑着说，刘瑛也被感染了，露出柔媚温婉的笑。

四

紧接着的一个周末，安琪回家，安志华把他与李剑妈妈二十多年前的那段往事讲给了安琪听，安琪又惊又喜，激动得夜不能寐。第二天是星期天，早饭后，安志华便忙活起来，把客厅和他自己收拾得干干净净，又从壁柜里拿出了祖传的紫砂壶，安琪知道家里要来客人了，并且不是一般的客人。

这副紫砂壶茶具曾历经劫难，“文革”时安志华藏到一位老农那里才得以保存下来，所以有时安志华把它看得比安琪还重要。安志华忙活了一阵后很惬意地坐在沙发里，安琪凑过去与爸爸打趣：“老爸，今天你把自己打扮得像个英俊的小伙子，是不是有约会呀？”

安志华开怀大笑起来：“鬼丫头，拿老爸开心呀！”

安琪依偎着安志华，刨根问底：“爸，今天来的是哪方贵客？”

安志华孩子似的狡黠地眨了眨眼睛说：“待会儿，你就知道了，现在暂时保密。”安琪惊异于爸爸这很少有过的发自内心深处的兴奋。九点左右，有皮鞋声笃笃地沿着楼道传来，安志华仔细地听了一下，兴奋地从沙发上一跃而起，拉着安琪到门口迎接。会不会是李剑妈妈要来？安琪想着，心里猛然涌起一股幸福的、激动不安的暖流。当身着暗红色的短袖旗袍，胳膊上挎着一只精致的咖啡色女式小皮包的刘瑛进门时，安琪惊喜地叫了一声："刘阿姨！"刘瑛微笑着向安琪点头示意，安志华喜笑颜开地把刘瑛让进了客厅里。三个人一边喝茶一边兴致勃勃地聊天，安志华和刘瑛乐呵呵地谈论着老同学的情况，安琪时不时调皮地插上一句，荡起满屋成串的笑声。聊了一会儿，安琪站起身微笑着说："阿姨，爸爸，你们聊吧，我还有事得赶快返校呢。"不等安志华和刘瑛有什么反应，她已经拉开门喜滋滋地下楼去了。

听着安琪咚咚下楼的声音，安志华微笑着无可奈何地摇了头说："唉，这丫头，有时候真是拿她没办法。她现在处处寻求独立，越来越想摆脱我了，这使我在欣慰的同时也有点失落。"

刘瑛笑起来："是呀，李剑也曾对我讲过，他现在已经长大了，马上要大学毕业步入社会了，有自己独立的人格、独立思考、独立选择人生之路的权利。成长独立，这也正是人类的进步之所在嘛！"

安志华笑了："阿瑛呀，你倒很会为他们开脱哟！"

安志华呷了一口茶，微微笑着说："和女儿聊天，我早已不敢掉以轻心，世上只有愚蠢的人才把自己扮成一个万事通。女儿是我最可信赖的一位朋友，我们关心的问题有着广泛的一致，从今日世界、物价、汇率到人生百态，奇闻轶事，你几乎样样可以和她交谈，不必担心她不理解。自她妈妈病逝以后，安琪更加成熟起来，受了委屈学会了自己默默地化解，我生日的时候她也忘不了送一份让我惊喜的小礼物，并且常常陪我散步，把家里收拾得一尘不染。有时候她也心事重重，当我问起时她有时会说‘不，爸爸，请别问!’我也有心事重重的时候，每到这种情景，安琪总是轻声地做事，从不打扰，但不久，我们就会彼此述说心事。”

安志华说这些话的时候，并不看刘瑛，只是对着盛着茶水的杯子，仿佛那杯子是一个麦克风。

“我很喜欢回想安琪的童年，三四岁时，她整日扯住我和她妈妈纠缠不休地要求讲故事，并且还执着地追问，‘为什么，为什么呀’！她可爱得简直是件活宝，一只蟋蟀跳进她的鞋子里她也会大喊大叫，然后拎着一根小木棍满屋子地追寻，与小小的蟋蟀玩个没完，六岁半的一天，她背着她妈妈用碎布片缝织成的一只大大的书包走进了学堂，放学时回到家里扔掉书包就欢呼雀跃起来，‘我有文化啦’。小学毕业顺利考入重点中学，她对我说：爸爸，到了中学，我还要门门拿第一的!”

刘瑛入迷地听着，她完全沉浸在安志华的话语里了。二十多年前，也常常是这样，他兴致勃勃地讲，她全神贯注地听。

安志华用胳膊肘碰碰刘瑛：“我啰唆了半天了，你也说两句呀!”

刘瑛笑了笑说：“安琪是个很有个性很懂事的好姑娘!”

安志华乐了：“你这语气很像她妈妈!”

这句话似乎触动了什么，客厅里一下寂静下来，人生的悲欢，岁月的沧桑，历史的轮回……许许多多难以忘却的酸甜苦辣的记忆一下子又炽热起来。

窗外树梢上几只小鸟在叽叽喳喳叫着，附近马路上传来了隐隐约约的汽车喇叭声，世界很喧闹也很寂静。良久，刘瑛低声说："有些事情明明已经过去了，却能在忽然之间排山倒海地汹涌再来，在一种非常熟悉又非常激动人心的气味里重新复苏！"

安志华从沙发里站起来，活动了一下身体，微笑着说："回眸过去还是为了把握现在，人生惊涛骇浪成败得失成了过眼云烟。现在好了，生活的乐趣随手一抓便是一把！"

刘瑛"噗"的一下笑了："你呀，和年轻时一样总爱穷开心！"

安志华笑言："江山易改，禀性难移。"

第八章 但愿人长久

一

一天深夜，李剑迷迷糊糊地刚刚进入梦乡，临铺的胡运来就把他轻轻地推醒了，李剑揉了揉蒙眬惺忪的眼睛问：“什么事？”“睡不着，想和你聊聊天！”胡运来说，声音压得很低。

“你有病啊，大半夜的聊什么？”李剑轻声埋怨道。

“哎呀，就一小会儿，沟通沟通心事嘛！”胡运来轻轻笑了笑说。李剑也乐了：“你小子，睡不着还得拉一垫背的陪你熬，算我倒霉，那就沟通吧！”

胡运来将脑袋往李剑耳朵旁凑了凑，低声问：“阿剑，你说什么样的女孩对我最合适？”

李剑有点莫名其妙，他想了一会儿说：“只要她爱你你亦爱她，两人真心相爱就最合适。哎，老胡，你怎么突然问起这个？”

“哎，不瞒你说，刘玉兰挺喜欢我的，这不，我穿的毛衣都是她织的，还有这只手帕也是她送的。”胡运来说着把一只小手帕递了过来，李剑接过一摸感觉上面似乎还绣着字，他打开小手电筒仔细瞧，见是用红丝线绣出的一行秀丽小字“风雨同舟，天长地久”。李剑把手帕还给胡运来微笑着说：“哎哟，胖子，你小子艳福不浅啊！”

“轻声点。我正犯愁呢，她不是‘商品粮’，我怕家里人不同意，尤其是我的父母亲。”

“都什么年代了，结婚后能过上幸福的日子，商品粮不商品粮的不重要。好多城市里的小伙子到富裕起来的乡村找对象，人家姑娘还挑三拣四呢。再说，现在农民思想观念也转变多了，你可以慢慢地说服嘛！”李剑往胡运来身边凑了凑，“运来，你到底爱人家什么啊？”

“爱她的人品，爱她的事业心，爱她的……唉，反正我也说不清楚。当我因某件事情困扰苦闷的时候，她能理解我，而且她头脑清醒又温柔。她告诉我前面的路虽不平坦，但她愿意陪伴我走下去。就凭这些我就很知足了。就是玉兰长得太不怎么的了，要是有你的安琪一半漂亮，就让我三生有幸了……”

“你小子别把我们俩扯进去，人家玉兰长的咋啦？挺好看的嘛，我说胖子，你可不能玩弄人家的感情呀！”

“呦，你老胡哥会是那种货色吗？她不漂亮，我也不俊，给你老弟说吧，这辈子我非她不娶……”胡运来有点激动，声音渐渐高起来，李剑急忙扯了扯他的被角：“轻声点，你嚷什么！”胡运来伸了伸舌头，不吱声了，李剑又轻声问道：“运来，你小子老实交代，前几天你托安琪到商场买的那件红色百褶裙，是不是给你心上人的？”

“嘿嘿，不好意思，她春天就爱穿红裙子!”胡运来憨厚地笑了笑说道。

“你小子心还真细。好了，老胡，睡吧，祝你做个美梦。”

“但愿人长久，千里共婵娟”，愿天下有情人都能终成眷属，李剑心里想着，也甜甜地进入了梦乡。

二

四月中旬，毕业班进入了毕业前的实习阶段并着手开始准备毕业论文。可是就在这一段时间里，左香雪却连续低烧，几次诊断是感冒，大家都没太在意。

一天上午，正在上自习课，左香雪突然昏倒在座位上，脸像纸一样白，同学们七手八脚地把她送到市医院，路上孟岩飞紧张得直冒汗。左香雪住进了医院，经过医生反复检查化验，最后确诊为血癌。大家都吓得呆若木鸡，孟岩飞更是如雷轰顶。“不，不，这不可能，这不可能呀!”他冲着医生声嘶力竭地嚷着，他不敢相信，却不得不相信，他紧紧地拉着医生的手，泪如雨下，“医生，救救她吧，她才二十二岁，正年轻啊!”孟岩飞几乎要昏倒，于波和童雷赶忙扶住他。走廊里一片唏嘘声，安琪、徐丽娅伏在墙上失声痛哭，李剑、林大卫、胡运来他们泪眼模糊，心如刀绞。

医生声音低沉地说：“我们会尽力的，不过现在病人更需要精神上的支持，你们明白吗?”

好一会儿，孟岩飞才点了点头，凄楚地说：“明白，我们会配合好的!”

一周后，左香雪的病情进一步恶化，要动手术需一大笔钱，可左香雪家是根本无力支付的，大家迅速商定：一面派专人去护理左香雪，有什么情况尽快与大家联系，一面立即组织募捐。徐丽娅流着泪坚决要求由她去护理香雪，李剑、孟岩飞叮嘱她几句让她赶快去医院，随后大家分成组织、宣传、后勤三个小组，组织由孟岩飞、于波负责，宣传由李剑、安琪、林大卫负责，后勤由胡运来、童雷负责，很快在全校掀起了“生命之路由您延伸”的募捐活动。

早饭时分，一张令人揪心的《呼救倡议书》在学校餐厅门口贴出：

全体师生员工：

情况危急!

可恶的血癌即将从我们身边把经管系企管班左香雪同学的生命夺走!

这可是一个热爱乡土、热爱生活、热爱事业的姑娘啊! 如今，她正面临一个大手术，急需近三十余万元手术费，可这笔钱对于她那个贫穷的家来说，是无能为力的。我们含泪向大家呼吁，愿您伸出友爱之手，捐款挽救一个年轻的生命!

愿生命之路由您延伸!

一纸牵动众人心，学校沸腾起来了。

经济管理系率先捐出40236元，其中徐丽娅捐款最多，她变卖了首饰，捐款七千六百八十元整。一天下来，全校五个学院十九个系四十多个班送来了捐款名单及款项。

许许多多的大学生围在募捐小组的周围，问这问那，同情、关切、友爱溢于言表，有人问："要不要献血，香雪同学要换血的话，请你们打个招呼，我们去献。"

一位学生干部模样的同学在人群里激动地讲着他们班上一件动人的捐款故事："我班的一位女同学，也来自偏僻的山村，家庭条件困难，可她硬要捐出五十元钱，我们知道这差不多是她半个月的生活费，我们无论如何只收她十元钱，可她竟哭了起来，说只要香雪活下来，我吃点苦还能算什么。山沟里走出一个大学生是很不容易的，她家乡的乡亲们一定正盼着她早日毕业回家建设家乡呢。我们只好全部收下了！"

这时又有人提出一个倡议："我们联名给香雪同学写封信吧，大家都签上名，给香雪同学以温暖和鼓舞！""好！好！"立刻有许多人响应，于是一张张信纸在人群里传开了。好多人被感动得流泪了，有女生，也有男生。

老师员工们也纷纷解囊相助，两鬓斑白的老校长拿出两千元放入募捐箱里………

一枝枝，一叶叶，一枝一叶总关情。徐丽娅坐在香雪的病榻旁，含着泪把学校的情形讲给香雪听，把一封封友爱的信读给香雪听。香雪躺在病床上，泪光盈盈，她深深地感受到了莫大的鼓舞和慰藉，尤其是那来自校园的一封封真诚的信，更让她热泪迸流。

的。不要思虑太多，好好地疗养吧，好的心情是身体康复的基础，等你病愈后，我们再一起设计那美好的未来！——你的岩飞

香雪，好几天没见面，我们几个小姐妹都非常想念你，预祝你早日康复！——安琪

左香雪同学，我给你讲一个张海迪大姐姐的故事吧！——一个关心你的校友

将每一位募捐者深深的祝福，默默的祈祷，浓浓的情、深深的意带到你的身边，护卫在你的周围，病魔一定会怕，一定会逃走的！——你的老师

香雪，还记得诗人雪莱的那句名言吗？“冬天来了，春天还会远吗？”相信吧，你生命的春天快回来了！——林大卫

不要忘记，香雪，在你的身旁，有一群热爱你的朋友在关心你，为你祝愿、祈祷，并盼望你早日康复！——李剑

香雪，紧握你手，祝你早日凯旋！——胡运来

你对我们每个人都是陌生的，而我们对你却很熟

识了。也许是命运的安排，我们得知你的情况，它深深地触动了我们的心灵……我们在心底千万次地祈祷：愿幸福之门永为你敞开！——新生部一女生

……

更使左香雪感动的是，老校长竟也在百忙中给她写了一封短信："香雪同学，你动手术急需帮助的消息传到学校后，全校几千余名师生员工几乎都捐了款，钱虽不多，但代表了我们的一份心意，我们只有一个心愿——盼你早日战胜病魔，回到我们中间来。你是一名难得的好学生呀！"

面向社会的募捐也在紧锣密鼓地进行，李剑、安琪、林大卫他们在市内最繁华的百货大楼前的小广场上，摆上几张桌子，将写着倡议书的大黑板高高地竖起，写着"生命之路由您延伸"八个大字的红旗迎风飘展。一群大学生有的忙着向过往行人散发传单，有的拿着小话筒声音沙哑地向行人呼吁，很快便聚集了许许多多热心的人，当人们弄明白是怎么回事后，便纷纷解囊相助。捐款的人不管捐款多少都可以得到一个纸做的小红花，安琪她们十余名女生一边给捐款人发放小红花，一边不停地说着："谢谢，谢谢您了！"

一位十四五岁的女中学生含着泪把一百元交给安琪说："这是我想买裙子用的，就算是对香雪姐姐的一点心意吧！"

一位姓牛的中年人，从河南来这里出差，一张小小的传单震撼了他的心，他说："我捐钱，只因为人人都有有难的时候。"多么朴实感人的话语呀！

一名从四川山区来这里打工的年轻人，在募捐点前来回转

了三四次，最后把身上仅有的168.5元钱塞到一名同学手里，含泪说："山沟沟里穷，走出一个大学生不容易啊，希望香雪同学早日痊愈。"一句话说得几个女生都伤心地掉下泪来。

一个未脱乳气的四岁小女孩，由她母亲抱着挤到募捐箱前，把她自己攒的存钱罐打开，将罐里的钱一股脑全倒进了募捐箱里，随后又从妈妈的手里接过两百块钱，交给安琪说："把这钱转给香雪姐姐。"一口稚嫩的童音，一双渴望的眼睛，一颗纯真的童心。她母亲说："这是孩子平日里积攒的和春节里大人给的压岁钱，听到给大学生姐姐募捐的消息，她吵着要捐款，并且一定要亲自送过来！"安琪感动得泪光盈盈，她抱起小女孩轻轻地吻了吻她的面颊，把一朵小红花庄重地别在了小女孩的胸前。

一位推着小车卖汽水的老大娘，把手里的67.5元钱投入募捐箱内，又为组织募捐的二十余名口干舌燥的大学生送来了一瓶瓶汽水。

人越来越多，许多人胸前都佩着鲜艳的小红花，广场上熙熙攘攘，成了花的海洋。三名巡警匆匆地从远处走了过来，当他们弄明白怎么回事后，也纷纷解囊相助。随后三个人胸前别着小红花，开始默默地在人群里维持秩序，很快，喧闹的小广场秩序井然起来，人们耐心地排着队，捐过款的人胸前别着小红花，昂着头，微笑着，他们舒心的笑容融进了广场边花池里盛开的鲜花中，印记在每一个善良人的心中！

市电视台记者组也深入募捐现场拍摄，并在新闻节目"广角镜"中连续播出三天，在社会上引起强烈反响。

左香雪的病由于受到社会和学校的关注和支持，手术结束后，病情稳定下来，并且出现了转机。这天上午，阳光明媚，窗外不时传来阵阵清脆的鸟鸣，左香雪似乎异常兴奋，她看着日夜陪伴着她一脸倦容的徐丽娅，真诚地说："好丽娅，谢谢你了！"

徐丽娅坐在香雪的床边，微笑着说："谢什么，我们像亲姐妹一样，相互帮助是理所当然嘛！"

"丽娅，我心里有好多话想对你说，不知你是否介意！"

徐丽娅又说："香雪有什么话就直说吧，不必客气！"

"丽娅，我知道你现在心灵深外一定十分的痛苦，为你的过去，为你和大卫之间的事……"左香雪轻轻地说。

徐丽娅埋下头，沉默了一会儿，淡淡地说："人生是一杯苦酒，若是自己酿的便要自己喝；爱情是一枚苦果，若是自己种的，便要自己来尝。"说完，几颗晶莹的泪珠顺着她消瘦的面颊滚落下来。

左香雪轻轻地拉着徐丽娅的手，温和地说道："丽娅，我很喜欢罗得的故事，《旧约·创世纪》第十九章说：耶和华要毁灭索多玛和蛾摩拉两城，嘱二天使引领城中唯一的义人罗得和他的妻女出城，在城外，天使对罗得说：'逃命吧，不可回头看，也不可在平原上站住，要往山上逃跑，免得你被剿灭。'结果耶和华在毁城的时候，罗得的妻子忍不住回头看了一眼，竟变成了一根盐柱。过去的就让它过去吧，不要再回头了！"

徐丽娅抽抽搭搭地哭出声来："可我……可我还是不能原谅我的过去！"

左香雪握紧徐丽娅的手，语重心长地说："好丽娅，要学会在痛苦中逃脱出来，潇洒微笑，你才是真正地懂得了人生。不必太在意过去，也不必苛求现在，一切都会重新开始的。不知你是否相信，你拥有的总比失去的多得多，因为你还年轻呀！”

徐丽娅嘤嘤地哭泣，长时间的悔恨，委屈似乎全都化成了眼泪，左香雪又轻声地劝慰道：“其实每个人都拥有自己的闪光点，只是有的被尘土遮住，有的被浓雾掩盖，只要擦去尘土，拨开迷雾，终将闪亮。你要相信社会、相信人生、相信你自己，重新扬起风帆，去珍惜青春年华，去闯一条真正属于自己的路。过去的就让它过去吧，对生活的信念永远也不可失去呀！”

徐丽娅哭得更厉害了，也许只有在这个时候，她才真正感悟到金钱和私欲是多么渺小多么不堪一击，她以前的想法和做法是多么的愚昧、可笑、荒唐。好一会儿，她哽咽着对左香雪说：“我已经很久很久没想过理想和人生了，金钱和私欲几乎使我失去了良知，几乎埋葬了我原本无瑕的灵魂……”

左香雪抬起头，眺望着窗外天空几朵飘荡的白云无限感慨地说道：“在人生路上，有些理想，值得为它坚持一生！”她用手帕为徐丽娅擦去泪水，又轻声地说道，“不要绝望，丽娅，绝望不是你的性格，人是可以重新塑造的。好好地生活吧，丽娅，生命如此的短促，应该珍惜呀，错过了春季，就不要再错过夏季。”

徐丽娅不再流泪了，她扬起眉梢，仿佛看到一片神圣的金色的光环，她已近冷枯的灵魂正在被温暖、被滋润……

下午，孟岩飞、李剑、安琪、胡运来、林大卫、于波、童雷等一大群同学来看望左香雪，病房里一下沸腾起来，洋溢着一派欢乐和喜气。热闹一番之后，大家都默契地不约而同地离开了病房，只留下孟岩飞一个人陪伴着左香雪。孟岩飞坐在左香雪床头，轻轻地抚摸着香雪的头发，左香雪依偎在他的怀抱里，竟轻声地哭起来，孟岩飞替她擦去泪水，勾着头柔声问："你怎么哭了！"

"我也说不清楚，大概是刚才太高兴太激动了吧！"左香雪扬起眉梢望着孟岩飞说，"现在我才真正感觉到了自己原来竟是一个如此热爱生命的人，如果命运还给予我活着的机会，我会把自己打扮得更漂亮，我会把我的爱与恨、快乐与忧伤坦露在阳光下，不会再像以前那样，总是默默地什么也不敢做，什么也不敢说。"

孟岩飞笑了笑，温和地说："上帝一定会保佑你的！"

左香雪似乎有些累了，她闭上眼睛歇了一会儿，又睁开眼睛冲孟岩飞微微一笑说："我有生的日子在纷攘的人世里爱过、恨过，尽管短暂但我拥有了，尤其是在大学近四年的时光里，我享受到了友谊的温暖！"她声音顿了顿，又接着说道，"我现在多想给倚门翘首的母亲寄去一腔爱，一句问候啊……"

"要不要马上给你妈妈发份加急电报？"孟岩飞问道。

"别，别，等等再说吧，实在不行了，再发不迟。妈知道了，肯定会哭坏身子的……"左香雪说着禁不住抽泣起来，"父亲去世后，是母亲把我们姐弟几个拉扯大，又供我上大学，没有母亲，就绝没有今天和我所希望的明天。母亲给了我一条河，可我，可我只能报答她一滴水呀……"左香雪泪如泉涌。

孟岩飞眼里一热，泪水在眼眶里直打转，但他强忍着不让它流出来，他嘴角向上一翘，努力使自己做出微笑的样子。

“香雪，不要想得太多，现在关键是静心养病，以后机会多着呢！”他掏出手绢为左香雪擦了擦眼泪又接着说道，“香雪，等你好了，我们俩就一块儿去旅游，坐飞机、坐游轮、游桂林山水，看黄果树瀑布，登华山极顶，钻花果山水帘洞。每个周末，我带你去绿色的原野，去聆听蟋蟀弹琴、云雀抒情，去看白色的流云，绿波的无垠，我牵着你的手去追逐蝴蝶，和你肩并肩地坐在乡间的田埂上，一同唱几曲乡间小曲。我还会买好多好多漂亮的衣服，把你打扮得花枝招展。我要娶你，我们俩找一个安静的地方建一个小家，房间里的一切按你的想法去设计去装修，我做饭你洗衣，我弹琴你唱歌。到那时，我们的小家里整日都洋溢着欢乐的笑声，幸福的日子比蜜甜，家里最有权威的当然是你，一切都由你指挥，你的身边有两个特爱你的公民，大的是我，小的是咱们的小宝宝……”

左香雪幸福地依偎在孟岩飞的怀抱里，安详地闭着眼睛，甜甜地笑了，她已经完全沉浸在幸福的幻想之中了。

三

一天晚饭后，刘玉兰从家乡来到了S大，她是接到胡运来的电报后匆匆赶来的。当一位学生把她引到517宿舍时，宿舍里的六人正坐在床沿上为左香雪的病情忧心忡忡呢。一看到刘玉兰，李剑、林大卫、孟岩飞都惊讶得瞪圆了眼睛，只有胡运来露出了意料之中的浅浅微笑。

李剑赶忙起身给刘玉兰倒开水，孟岩飞急忙给她让座，林大卫将于波和童雷向她作了介绍，刘玉兰向他们俩微笑致意。

“嫂子，坐，哦不，玉兰姑娘……”孟岩飞支支吾吾不知道叫什么才合适。

胡运来站起来说：“就叫嫂子吧，又干脆利索又从实际出发。”

刘玉兰在他手背上拧了一下，胡运来很夸张地痛叫了一声，大家都哄笑起来，刘玉兰也不好意思地笑了笑。她拉开手提包，从里面拿来出了一个小红布包，把布包一层层打开，呈现出一沓子钱，她把钱放在孟岩飞手里说道：“这两千元，算我和运来的一点心意吧！”

屋子里一阵沉默后，孟岩飞说：“嫂子，你家里还不富余，这钱我们不能收呀！”

“拿着，别说那么多了，治病要紧！”

胡运来也在一旁为刘玉兰帮腔：“收下吧，谁都有困难的时候。我们更应相互帮一把！”

孟岩飞手足无措地看了看李剑，李剑点了下头：“收下吧！”

“谢谢你们了，嫂子，运来！”孟岩飞深深地鞠了一躬，泪从眼角滚了出来！

“快别说谢了，坐下吧。”刘玉兰赶紧拉住孟岩飞，眼睛也湿润了。

沉默了一会儿，李剑轻声问刘玉兰：“玉兰，你吃过晚饭了吗？”刘玉兰擦了擦眼角说：“吃过了，在街上吃的！”

“现在工厂怎么样？”李剑又问道。

“不错，已成了县里的明星企业和利税大户了！”刘玉兰略显自豪地回答。

“厂里技术力量现在怎么样?”林大卫问道。

“可以，与市太阳能器材开发公司联营后，公司往我们厂里派了几位工程师进行技术指导和设备更新改造，厂里还派我和几名技术骨干到县里的一个科研所培训了半年，我还学会了操作电脑呢。现在厂里职工都摆脱了旧观念和农民的一些自由散漫习气，竞争意识很强，干劲足着呢。”刘玉兰有点兴奋地说道。

趁他们几个谈兴正浓，李剑凑到胡运来身边说道:“你待会儿是领玉兰到校园转转呢，还是领她到招待所歇着呢?”胡运来低声说:“先让她歇一歇吧，坐了大半天的汽车，挺累的!”

“好，那就走吧，天都黑了。”李剑拍了胡运来一下说道。

胡运来站起来冲林大卫他们几个一抱拳，油腔滑调地说:“诸位贤弟，对不住了，人家坐了大半天的汽车，你们不心疼我老胡还心疼呢，现在她需要休息，明天再聊。”说完扯着刘玉兰就往门外走，刘玉兰脸上泛起红晕，冲屋子里几个歉意地笑了笑，跟着胡运来向外走。胡运来刚甩手摆腿地走出门口，刘玉兰便朝他后背上狠狠地来了一拳，打得他手脚都乱了方寸，屋子里的人看得正清楚，顿时爆起一阵哄笑声。

到了楼下，刘玉兰说:“明天一早我就得回去了!”

“啊?这么急，不在市里玩两天?”

“厂里很忙，实在是不敢多耽搁。”

“你呀，快成工作狂了。”胡运来笑了笑说道。刘玉兰也笑起来。“回招待所休息吧!”胡运来又关切地说。“还是在你们校园里先随便走走吧，你们的校园真美，今晚月色也好。”刘玉兰柔声说道。

两人沿着林荫道来到相思湖畔，坐在湖边的草地上，刘玉兰幸福地依偎在胡运来的怀抱里，静静地望着宽阔的湖面，沉浸在幸福、温馨和甜蜜之中。多情的圆月瞅白了脸，高高地悬在夜空中，地上如水如银，微风徐来，银白色的光点在水面上跳跃着，卧在湖水里的月亮晃来晃去，似乎有意在与人捉迷藏。

良久，胡运来喃喃道："香雪真是个可怜的姑娘，与同龄人相比较，她经历了太多的风雨，柔弱的双肩承受了过多的负担啊！"

"她的病能治好吗？"刘玉兰关切地问。

胡运来沉默了一会儿，拣起一块石子使劲儿投入湖水里，湖里的圆月晃了晃，碎了。"唉，但愿能治好呀！"胡运来黯然道。

沉默，两个人都在默默地为左香雪祈祷。

好一会儿，胡运来轻声问："家乡现在怎么样？"

"比过去强多了，但仍存在很多困难。"

"创业艰难呀！"胡运来感叹道，他用手轻轻地抚了抚刘玉兰额头的发丝说，"在艰难之中，困苦之中，仍然能够顽强地、锲而不舍地开创新局面的人，才是真正的英雄呀！"

"我能算得上英雄吗？"刘玉兰调皮地眨了眼睛问道。

"为什么不能，至少在我心中是。"

"可我这人骨子里总是很自卑，尤其是进了城见了城里人。"

"这正说明农村与城市之间存在着差距，作为农民的孩子，我们有责任通过自己的努力，缩小这个差距，不能总是一味地自卑。我们只有开阔眼界，依靠科技信息，抱定力争上游的决心，才能迎头赶上去，才能达到自身价值的升值，才能成为改革开放中真正的成功者。”刘玉兰深情地看着胡运来的脸，猛地给了他一个甜甜的深深的吻，胡运来也顺势将她搂紧在怀里，柔情地说，“玉兰，自从爱上你的那一天起，我就梦想把自己变成一个勇敢的水手，在某一天太阳刚刚升起的时候，驾着我没日没夜制造的红帆船，驰向你，带你到一个鲜花满地的地方，让幸福和欢乐永远陪伴着你。”

刘玉兰甜甜地笑了，天空中几颗星星闪呀闪，似乎也在欢笑。

第二天早晨，刘玉兰在胡运来、孟岩飞、安琪、林大卫的陪同下去医院看望了左香雪。之后，刘玉兰便要回家乡了，李剑、孟岩飞他们送到医院门口与她握手告别，胡运来则一直送到长途汽车站。等车的人并不多，胡运来挽着刘玉兰的胳膊立在路边，他喜滋滋地对刘玉兰说：“回家后，代我向乡亲们及工厂的职工们问好，我现在心早就飞回家乡去了，一毕业我立即回去，非把咱们金龙寨搞出个名堂来不行。”

“乡亲们都盼着你呢！”刘玉兰柔声说。胡运来闻听似乎更来劲儿了，信誓旦旦地说道：“不干出个名堂来，我们就不结婚！”

刘玉兰脸上荡起了幸福的红润，她眼皮低垂着，羞羞答答地说：“想得美，村里像咱们这年龄的有的孩子都会跑了，你爹说了，你一毕业就让咱俩结婚，工厂的领导把新房都为咱们备好了。”

胡运来大喜过望，伸长脖子问道：“我爹真的这么说了？”

“谁还能骗你！”刘玉兰脸红得要渗出血来。

胡运来兴奋地搓了几下手，兴高采烈地说道：“我正担心老爷子会反对，没想到他比我还急……”

“你得意什么呀，俺还不想过早地嫁人呢！”刘玉兰娇嗔道，说完用手掩着嘴哧哧地笑起来。

“这下问题来了，老爹非要我早点娶老婆，可老婆偏偏不让我早点娶老婆，我岂不成了风箱口的耗子，进退两难了。”刘玉兰笑着用拳头捶打着胡运来的背说：“你呀，你又在拿人家开心……”

一辆大客车停靠下来。“哟，去咱们那儿的车来了。”刘玉兰说，胡运来忽然想起了什么似的拉着刘玉兰的手急急地说：“改革开放犹如大浪淘沙，乡镇企业及农民企业家最容易昙花一现，回去一定要提醒厂领导村干部，注意提高自身素质及职工整体素质。”

“好，也请你代我向香雪问好！”候车的人鱼贯登车，刘玉兰也随在他们后面登上车，又回头朝胡运来微笑着摆了摆手，眸子里似乎有泪花在闪烁。车门吱的一声关上了，大客车很快又汇入汹涌的车流中不见了。

胡运来愣愣地立在那里，心已飞向了他那生机勃勃日新月异的故乡了。

四

星期六的早晨，左香雪半躺在床上，心不在焉地翻着床头小桌柜上的台历。日历上，紧接着星期六的绿色芯页之后的两页是一个红色的日子和一个金色的日子，左香雪突然感悟道：

“绿的是叶，红的是花，金色的当然也就是果了，可是结果的过程呢……”她突然叫起来：“丽娅，丽娅！”声音响亮而尖锐，正在厕所的徐丽娅答应着慌不迭地冲进了病房，她还以为出了什么意外呢，惊出了一身虚汗，看到左香雪静静地坐在床上，她长长地舒了一口气。“丽娅，把医生叫来，我现在想上街去。”

徐丽娅吃惊地看着左香雪。“丽娅，你还能不理解我现在的心情吗，我现在想到街上随便走一走……”左香雪话未说完，泪水便扑簌簌地滚落下来，徐丽娅赶忙拿出手帕为左香雪擦眼泪。“不要难过，香雪，我这就去找大夫。”徐丽娅说完便转身走出了病房，滚烫的泪水已蒙住了她的双眸。

一会儿，一位五十余岁的大夫匆匆走进了病房，他温和而又略显严肃地说道：“香雪姑娘，你必须时刻接受观察治疗，我们不同意你们这么做，你可以在同学或护士的陪伴下到医院后面的小花园里散散步嘛，那儿景色也是不错的。”

左香雪满脸泪痕地望着大夫恳求道：“大夫，我只要求一天……”

“不行，姑娘！”大夫坚定地说道。

左香雪突然拉着他的手哭泣起来：“好伯伯，您就答应我吧，我的时间也许不多了，您就答应我一次吧，我求您了，求您了……”香雪泣不成声，徐丽娅在一旁也哽咽了。两鬓斑白的大夫背过头去，掏出手帕拭了拭眼角，好一会儿，他才声音沙哑地说：“孩子，上午再接受一次检查，下午，你们可以出去痛痛快快地玩两个小时，记住，只两个小时。”

大夫转身缓缓地走出了病房，他实在不忍心再多看一眼这个花季中却被病魔折磨得面容憔悴的女孩子。

午饭后，左香雪在徐丽娅的陪同下特意去了美容厅，做了头发又做了美容，淡施粉妆，略描眉黛。她还是第一次进美容厅，第一次这么刻意地修饰自己。她还特意地穿上了她平日里舍不得穿的粉红色的衬衫和裙子，像一朵亭亭玉立的出水芙蓉，那瘦弱的身躯似乎一下子丰盈起来了。随后，她拉着徐丽娅直奔市区，阳光水泼似的明丽，照着黑亮亮的柏油路、白亮亮的新建筑，照着五彩的车流、缤纷的人流，照着满眼的绿树繁花。香雪不停地说呀笑呀，显得异常的开心、兴奋，忐忑不安的徐丽娅穷于应付。

她们俩进商场，逛书市，品小吃，又一块儿来到市中心的人民公园里。夕阳下，公园里一簇簇的迎春花开得正盛，左香雪欢快地钻进花丛里，嗅嗅这儿，嗅嗅那儿，像只小蜜蜂，舒心的笑声像惊起的小鸟一样扑扑棱棱地飞向天空。哦，黄黄的迎春花呀，莫非你也理解香雪姑娘此时所怀有的情愫和憧憬，才显得如此殷勤柔美。徐丽娅终于还是提醒左香雪该回医院了，但左香雪却请求徐丽娅到学校把孟岩飞找来。两个人争执了一会儿，徐丽娅最后心软了，让步了，她极力想满足左香雪一切的要求，只要她能做得到。

徐丽娅返回学校，托一个低年级的学生，把孟岩飞约到校门口。孟岩飞正准备到医院去看望左香雪，对这个从天而降的约会莫名其妙，当他看到是徐丽娅后，吓了一跳，急忙问："香雪呢？香雪怎么样？"徐丽娅领着他一边匆匆地向人民公园走，一边把今天的情况向孟岩飞讲了一遍。两人到了公园，徐丽娅把左香雪的位置指给孟岩飞，便借口走开了。

左香雪坐在一棵紫丁香树下，看到孟岩飞从远处快步地走过来，近了，更近了，她的心摇荡起来："岩飞，我在这儿，我在这儿呢！"她掏出红手帕兴奋地摇晃着，欢悦的声音飘出了好远好远，像这无遮无拦的春天的花香。

"香雪。"孟岩飞叫了一声，一阵风似的朝着左香雪扑了过来，一下子把她揽在怀里。左香雪就势把头深深地埋在他的怀里，白皙的脸渐渐地泛起了丝丝红晕，薄薄的嘴唇哆嗦着，微闭了双眼，像只受了伤的小鹿。

"香雪，怎么出来这么长时间？回医院吧！"

"不，再待一会儿。"

"大夫们会着急的。"

"我想在这个鸟语花香的环境里单独与你在一起，我已渴望很久了，不要再逼催了，我的时间也许不多了。"声音凄然坦诚，一阵微风吹来，枝头有花瓣飘落。

"不要这样说，你会好起来的，一定会好起来的。"孟岩飞紧紧地揽住左香雪的腰。他弯下身，轻轻地吻了吻她那灼烫的，柔润的唇，左香雪美丽的大眼睛悄然微合，几颗大大的泪珠串在她长长的睫毛上，这是一个多甜蜜而又凄凉的场面呀，那颤抖的身躯，那晶莹的泪光。喧闹的城市忽然间沉寂下来，连小鸟也停止了歌唱。

人世间有万般情意，但只有爱是永恒的，是永远不变的，永远不会被遗忘的。爱使痛苦的人幸福，使忧伤的人快慰，让狂躁的人温柔，让消沉的人亢奋，让无精打采的人振奋。爱情是源远流长的歌，是古老醇香的酒，唱不完，饮不尽。

好一会儿，左香雪颤声说："岩飞，今晚、今晚我想和你住在一起！”孟岩飞脸上掠过一抹惊愕，他望着她，抿紧嘴唇，下巴显出执拗的棱角，轻轻地摇了摇头。

“为什么，我爱你，我愿意！”左香雪急促促地说道。

“我，我……可，可……”孟岩飞不知说些什么才好。

“我愿意为你献出一切。纵然我们缘分很短，但我也求我们曾拥有过一回。”左香雪泪光盈盈地说。

“你胡说些什么呀！”孟岩飞突然推开左香雪，大声地说道。

左香雪惊愕地望着孟岩飞，泪珠缓缓地滚出了眼眶，那双泪水汪汪的眸子里扑闪着一丝丝的哀怨和期待。孟岩飞立刻意识到自己太过分了，他扶着颤泣不止的左香雪缓缓地坐到草地上，轻轻吻了吻她清秀的脸颊说：“我不答应，正是因为我也爱你呀！”

左香雪伏在孟岩飞的怀抱里，轻轻地哭泣着。过了一会儿，左香雪又抬起头，把上衣的纽扣解开了两个，含情脉脉地望着孟岩飞，轻声地乞求道：“岩飞，把手放在我胸脯上，好吗？”

孟岩飞迟疑了片刻，把手缓缓地插入左香雪的上衣里。“往下呀！”左香雪几乎是在呻吟，孟岩飞又迟疑了一下，终于把手轻轻地缓缓地放在左香雪丰满的、柔软的乳峰上，动作轻柔得仿佛怕惊飞一对歇息在湖水里的白天鹅。左香雪嘟起的唇儿几乎触到了他的唇，孟岩飞呼吸着女孩子特有的气味和身下被压碎的青草气味，禁不住吻住了他向往着的、热爱着的杏唇。左香雪紧紧地缩在孟岩飞怀里，发出含混的呻吟，那呻吟突然刺激了孟岩飞，他猛然冲动地把左香雪平压在身下，两只有力的手臂紧紧地搂着她，疯狂地长吻她。这时，孟岩飞感到内心里有一种暗藏的火焰猛地升腾起来，这种炽热的令人发昏的痒痒的冲动，汹涌地在他周身流动，像即将冲栅而出的嘶叫着的马群，像即将决堤的咆哮着的洪水。他颤抖着的双手顺着左香雪的身体滑下去，左香雪驯服地毫不违抗地迎接着那双手，就像早已等待着那一刻来临似的。陡然间又有一种感觉如一枚重磅炸弹呼啸着在孟岩飞的脑海里炸开，把一切一切都炸得粉碎，他惊呼了一声，翻身滚到了一边，平躺在地上喘着粗气，嘴里喃喃道："我不能这样，我不能这样，你的病还没好……"

良久，月亮升起来了，月光为大地披上了一件宽大无比的银衫，草坪上慢慢地升起了一层灰白的夜雾，衣服和头发都有些潮湿的感觉了。孟岩飞坐起来，左香雪也坐了起来，重新把头埋进孟岩飞的怀里。四周很静，偶尔听到附近人工湖里有鱼跃出水面的声音，春风吹在树叶上发出的沙沙声，月亮笑吟吟地俯瞰着人间。他们俩坐拥着静静地回味着刚才的情形。过了一会儿，孟岩飞站起来，把左香雪从草地上轻轻地扶起来："走吧，回医院！"他用一种不可抗拒的语气说道。

五

两周后的一天下午，左香雪的病情突然又一次恶化，被送进急救室里抢救。徐丽娅赶忙给孟岩飞打电话，孟岩飞一接到电话惊吓得浑身冰凉。他扔下话筒风风火火地赶到医院，站在急救室门外的走廊里，呆若木鸡，大脑一片空白，内心也一片纷乱和灼痛。徐丽娅又给李剑和安琪打了电话，很快，好多同学闻讯都赶到了医院，聚集在医院里，焦虑不安地等待着。

大约两个小时后，急救室的门开了，两名护士推着左香雪走了出来，大家急忙围拢过去，只见左香雪脸色蜡黄昏沉沉地睡着，几名医生随后也走了出来。

孟岩飞和李剑急忙走上去："医生，香雪病情怎么样？"

一位老大夫叹了口气说道："她时间不多了。"

这句话如同强大的寒流，李剑、孟岩飞两人的心顿时结了冰，周身寒彻，李剑迅速把林大卫拉到一旁急促地说："快去给香雪家里发电报，加急电报！"林大卫不知是太紧张或是太惊悸，脸色一下变得煞白，他骑上自行车匆匆地去邮局了。

这一夜，大家都默默地坐在走廊里，忧心如焚地盼望着左香雪早点醒来。不少同学在暗暗地流泪，为一个年轻的生命，为一个炽热的灵魂，为他们朝夕相处过的一位好同学好朋友，医生怎么劝也劝不走。月亮静静地挂在暗淡淡的夜空里，阴沉着脸，也似有满腹的心事。

第二天凌晨，左香雪稍稍动了动身，似睡非睡，半合眼睑，口中喃喃了几句含糊的呓语，嘴角泛起了一抹微笑，她似乎正沉浸在甜蜜的梦境中，孟岩飞想叫她，被安琪止住了。昏沉中左香雪又辗转不安地睡去，孟岩飞望着她禁不住潸然泪下。

中午，左香雪终于醒来，她睁开眼睛，默默地环顾了一下病房，冲屋子里的医生、老师、同学微微地笑了笑。大家都暗暗地松了口气，悬着的心稍稍平静了一点，屋子里空气又流淌起来。左香雪昏睡了十多个小时，这会儿精神似乎好多了，安琪坐在她身边，轻轻地喂了她半杯牛奶半碗八宝粥，那苍白俊秀的脸庞渐渐有了血色和活气，烧得干裂的嘴唇也润泽多了。孟岩飞凑过去，抚着左香雪的手亲切地问："香雪，还想吃点什么？"左香雪微微笑了笑，轻轻摇了下头。大家都围拢到病床周围，你一言我一语地问候着，左香雪脸上不时有笑容浮起来，她微笑着望着大家，缓缓说道："谢谢大家对我的关心、帮助，你们让我感受到爱与温暖！"

大家故作轻松地勉励安慰了香雪一会儿，就不约而同地退出了病房，只留孟岩飞一个人陪着香雪。

孟岩飞将枕头放平，又扶着左香雪躺下，香雪显得有些累了，她闭着眼休息了一会儿，又缓缓地睁开眼，轻轻地说："岩飞，不要为我悲伤，其实我已拥有了许多，我感到很满足……"孟岩飞抚摸着香雪瘦弱的小手，眼睛湿润，左香雪微微笑了笑接着说道，"我会在某一天的早晨，化作一缕阳光，温暖地照射着你；会在某一天的中午，化作一朵云彩，静静地伴随着你，为你祈祷，为你祝福；会在某一天的晚上，化作一阵清风，吹去你一天的疲劳；会在某一天的深夜，化作一丝月光，静静地欣赏你熟睡的样子；我会永远为你歌唱为你祈祷，愿你高大挺拔，郁郁葱葱，直到结满累累硕果……"

左香雪似乎有些喘不上气来，她稍稍地歇了一会儿，又说："你好好地生活吧，要坚持让每一天都过出一些愉悦和欢欣来，可不要认为什么时候都会有足够的机会和时间去做你想做的事，拖得太久了，真的就来不及了……"说到这里，香雪顿了一下，两行热泪滚出了眼眶，"好好地爱你要爱的人，做你应做的事，尽你应尽的责吧！”孟岩飞不住地点着头，泪流满面。

香雪已有些泣不成声了，两道湿热的泪水沿着她消瘦的脸颊不停地流着，闪着晶莹含着遗憾和向往，静静地流入热爱她的人的心里。

好一会儿，左香雪又吃力地从枕头下拿出了一条手帕，递给孟岩飞，说：“这是给你的，做个纪念吧！”孟岩飞展开一看，只见上面绣着一对在水中嬉戏的鸳鸯和几行秀气的小字：

我的爱永远与你相伴，
我的心中唯有你常在，
愿欢乐永与你同在，
幸福之门永为你敞开！

接着，左香雪又从枕头下拿出一沓精致的卡片，说：“这些是送给同学们的。”每张卡片的正面，写着他们班一个同学的名字和坦诚的催人泪下的赠言，背面则工工整整地抄录着同一首诗——徐志摩的《再别康桥》：

轻轻地我走了，
正如我轻轻的来，
我轻轻地招手，
作别满天的云彩。
……
悄悄地我走了，

正如我悄悄地来，

我挥一挥衣袖，

不带走一片云彩！

孟岩飞再也忍不住，双手掩面，失声痛哭起来。

接下来的四五天里，左香雪时而昏迷时而苏醒，到了第六天，病情再一次恶化，经一番全力抢救后，院方下了病危通知书。恰在这天中午，香雪娘在香雪大弟香土的陪同下终于来到了医院。香雪娘哭了一路，眼睛红肿，布满了血丝，泪已干涸，嘴唇上长满了水泡，不足五十岁的她仿佛在一夜间苍老了许多，看上去显得哀伤弱小憔悴。她步履蹒跚地进了病房，许多人看到她都背过脸去悄悄地抹眼泪。

当香雪娘轻轻地坐在昏昏沉沉的香雪身边时，香雪眼睛猛地睁开，闪烁出晶莹的光亮。“娘，娘……”香雪凄凉地叫了几声，便泪如泉涌，此情此景即使石头人也会战栗也会潸然泪下。

香雪紧紧地抓住母亲的手，似乎有海水一样多的话语要往外倒，香雪娘——这个有山一样臂膀的山里女人极力地让自己镇定下来，她慈爱地扬起枯瘦的手，颤抖着理了理女儿前额上零乱的发丝。“娘啊，我好想你……”

“娘也想你……”

“娘呀，小弟小妹都好吗？”

“好，好，都好！”

“娘呀，咱家屋后的那棵小杏树开花了吗？”

“开了，开了，还结了果呢！”

"娘啊，女儿不能尽孝了！"

"娘呀，我好想像小时候一样，天天早起为你梳梳头……"

"好，孩子……"香雪娘背过脸，擦了擦满眼的苦涩。香雪闭上眼歇了一会儿，又说："娘呀，女儿走后，你可要多保重，别哭坏了身子，下面的弟妹还都全依靠着您哪……"

香雪娘努力挤出笑意："丫儿呀，你就放心吧，娘晓得！"左香雪已泣不成声，枕头被泪水渗湿了好大一片，香雪娘用手替女儿拭着泪说："丫儿呀，你还像小时候一样，爱哭！"

病房里一片抽泣声，安琪几乎要晕倒了，幸亏有李剑在旁扶着她，但李剑心里也翻卷着刀割般的哀痛。徐丽娅立在门口嘤嘤地哭出声来。香土立在姐姐身旁，泪水如断线的珍珠扑簌簌地往下掉，他紧咬着嘴唇，不让自己哭出声来，鲜红的血已从这个十八九岁的男孩嘴边涌了出来。孟岩飞立在香雪娘旁边，不住地背过脸去抹眼泪，痛苦正噬咬着他的每一根神经。

香雪又努力地伸出手拉住香土的手，缓缓地说："香土，家里的事就托付给你了，娘眼睛不好，你要多照顾，小妹英语成绩不太好，你要多帮她，有什么事也多与她商量，今年高考，愿你们俩都能考入理想的院校。还有，小弟年纪小，不懂事，你要多给他讲道理……还有……清明节代我到爹爹的坟上加把土，代我给他老人家磕个头……"香雪胸腹突然剧烈地起伏，呼吸也急促起来，孟岩飞一下冲出门外，大叫："医生，医生……"

左香雪被急急忙忙地送入急救室，大伙站在急救室门外焦急地期待着，胡运来、林大卫两人搀扶着香雪娘，老人颤悸着，童雷和另一位男生扶着左香土，于波和一位男生扶着痛苦不堪的孟岩飞，李剑则强忍着悲痛搀着哽噎不止的安琪，两个女生一左一右含着泪搀着嘤嘤泣哭的徐丽娅……

漫长的两小时过去了，急救室的门缓缓开了，一名女护士过来同情地对香雪娘说：“快进去与她道个别吧！”楼道里立刻响起一片压抑不住的哭泣声。

香雪眼窝发黑，嘴唇青紫，消瘦的脸膛已没了血色，病魔已把她折磨得似乎已无力再多看她的亲人和她的同学一眼了。听到母亲、弟弟、同学们长长的、凄凉的呼唤声，她又努力地张开双眸，看了看身旁的孟岩飞，又看了母亲一眼，断断续续地说道：“娘，他是我男朋友，……我们本来打算……毕业后……结婚的……”香雪娘看了孟岩飞一眼，含泪点头。

“娘啊……把我的骨灰……埋在小河边的……山岗上……我离不开……咱家乡的……山水……”

“娘听你的……”香雪娘声音喑哑。

香雪又看了眼安琪、徐丽娅、李剑、林大卫、童雷、胡运来、于波等同学及老师，吃力地说道：“多保重……祝福你们了……”

孟岩飞双手紧紧地握着香雪的两只瘦弱的小手，怕一松开她就要飞走了似的，又像要努力把她从地狱之门拉回来，他哽咽地说道：“香雪，毕业后，我就到你家乡去工作，完成你未完成的心愿，我会代你照顾好妈妈和弟妹们的，我一定努力把弟妹们都送入大学，成家立业……”

香雪微合的眼睑猛地张开，闪过一丝晶莹的光，嘴角嚅动着，孟岩飞把耳朵贴近她的唇，那是几句极其微弱的揪人心肺的呢喃："……飞……我爱你……谢谢你了……谢谢……谢……"

左香雪去了，带着她对生的渴望对活的向往去了，带着无尽的思念和遗憾去了，带着浓浓的情谊深深的爱恋去了，带着她未酬的壮志去了……

香雪啊，亲人们的哭泣你听到了吗？朋友们的悲哀你看到了吗？

傍晚，天空飘起了雨丝，缠绵的雨季来了。

海浪卷着咸味，夹着腥气，一波一波用力地拍打着岩石，发出阵阵的悲叹声。远处雨雾茫茫，似泪水模糊眼眸。一只水鸟时断时续地鸣叫着在海面上飞旋，显得哀怜而孤寂。

孟岩飞默默地坐在沙滩上，望着浩瀚无边的大海，在想念他的香雪，想念他们在一起时的快乐和幸福，想念着他们永别时的悲痛和凄凉。

李剑、林大卫、胡运来、于波、童雷一路焦急找过来，几个人远远地看到了孟岩飞，都没有走过去，他们不忍心打扰他。

天慢慢地暗下来，阴蒙蒙的天空像一口倒扣在海面上的大铁锅，五个人缓缓地走到了孟岩飞身边，李剑轻声说："岩飞，该回校了，要下雨的！"孟岩飞没有动也没有吱声。良久，他才缓缓地站起来，将一块鹅卵石狠狠地踢入大海，泪水如决了堤的洪水顺着他的脸颊涌了下来，他猛然拉着李剑的手，哽咽着问道："有人说，生命如一阵风，风过了，也就人散声消，无痕无迹了，真的如此吗？"

李剑嘴唇动了动，不知怎么回答才好，孟岩飞又接着说道："随着时间的推移，许多人会慢慢地忘记香雪，顶多会偶然地惋惜，可我不会，我会永远记着她……"

李剑禁不住眼里一热，泪水一下蒙住了他的眼睫。

六个人慢慢地往回走了几步，孟岩飞又停住步，回头依恋地望着浩瀚的大海，缓缓地说："将来或许我事业有成，或许我一生都郁郁不得志，但这些都影响不了我爱她，思念她……"

第九章 夏日的思语

一

五月初，大四毕业生已准备迎接下旬的论文答辩，在这期间毕业生们可以自由支配时间。左香雪已病逝半个多月了，李剑、孟岩飞、安琪、林大卫、胡运来、徐丽娅、于波、童雷等八个人商议，趁这段空闲一块儿到香雪的家乡去看看。

一行人坐了一天一夜的火车，又坐了一整天的汽车，中途在一个小县城休息了一晚上，第二天再坐简易的三轮车在路上颠簸了近三个小时，终于到了山坳里的一个小镇。几人匆匆忙忙地随便吃了点东西，问明了路便朝左香雪家所在的小山村——下里洼村走去。

通往下里洼村的路是一条窄窄的崎岖不平的山间小道，而且还要翻过两个小山包，镇上人说才不过三四里的路程，一行人忘记了疲劳和炎热，在路上急匆匆地走着。

沿途的景色十分迷人，满山遍野的树林和藤子把山镇装扮得绿意浓浓，高高低低的野草野花撒满了大大小小的山沟，不远处是郁郁葱葱的山峦，且每隔几十米，就有一处突兀的山峰，像鸣蛙，像立鹤，像吼狮，像盼儿归的慈母。看蓝天，白云朵朵，飘飘悠悠，看青山，绿意丛丛，云烟朦胧。山脚下，一条小河蜿蜒流淌，哗哗作响，好一派水光山色。

几个人走得大汗淋漓，可下里洼村仍不见踪影，又走了一段路，终于看见山路旁的山坡上，四五个农民正在炎炎烈日下挥着锄头劳作。大学生们停住步，静静地凝望着，那刚毅顽强的背影，无畏烈日的炎热，令人不由想起了那首老幼皆知的古诗：“锄禾日当午，汗滴禾下土。谁知盘中餐，粒粒皆辛苦。”在一棵大树下，有两个胡子拉碴的农民枕着铁锄眯着眼睛歇息，孟岩飞十分有礼貌地上前寻问离下里洼村还有多远，两人坐起身，很好奇地打量了他们一会儿，其中一个扬手朝前一指：“到了，下坡就是！”大学生们顿时又精神倍增，边走边聊，又走了好一会儿，仍不见村落，八个人气喘吁吁地蹲在树荫下，品味着这“三四里”和“到了”的真实含义。左香雪常说：“山里人家出来的孩子，曾与大山为伍，坦平尽在坎坷中，坦平自在脚下。”八个人现在才体会到，这句话不仅仅是一种自豪一种自信，也饱含着深深的哲理。

几个人一边喝着自带的矿泉水，随便地吃些点心，一边欣赏周围的景致。忽然，一阵说笑声从一片小树林里传来，一群孩子向这边跑过来，在离他们不远的地方停下，好奇地打量着他们。孩子们的衣衫破旧，有的穿着暗灰色的粗布短衫，有的穿着补着灰补丁的白色的确良短衫，有的穿着小了一号的旧背心。

李剑站起来微笑着招呼他们，孩子们开始歪着头交头接耳地嘀咕了一阵，终于在一个手里提着个小木手枪的高个儿男孩的带领下，怯怯地走了过来，一个个冒着汗酸气、尘土味。安琪赶忙将一大把五颜六色的水果糖分给他们，孩子们却一个个怯怯地憨厚地躲闪着不肯接，最后见那个高个儿的“头儿”接着了，他们才一个个小心翼翼地拿在手里。有的孩子接着糖后仔细地看了看，咽了下口水，又小心放进了小布口袋里；有的孩子把糖纸扯掉，用脏兮兮的小手将糖放入口中，舒心得直咧嘴；有几个孩子则摆弄着糖块，不知如何吃法；有的孩子干脆连糖纸也不剥，放进嘴里嚼起来，安琪只得手把手地教他们。这时孟岩飞、林大卫、徐丽娅也走了过来，把更多的糖果分给孩子们，小家伙们顿时活跃起来，一个个互相挤眉弄眼，很调皮可爱的样子。孟岩飞笑容可掬地问他们离下里洼村还有多远，高个儿男孩说：“前面就是，我们都是那儿的。”

“你们能给我们领路吗？”安琪笑着问道。高个儿男孩扫了他们几个一眼，将小木头手枪斜插入裤腰里，一挥手说道：“跟我来！”一副神气十足的长官派头，他的一队“士兵”及这八个“新兵”很殷勤地紧随其后。这时一个流着鼻涕的小男孩轻声问安琪：“你们是去香雪姑姑家的吧！”安琪高兴作答：“是的！”

“香雪姑姑死了，你知道吗？”小男孩黯然地说道，满脸的稚气。这句话似一声炸雷一道闪电一股寒流，在安琪她们心中震颤。

“我们是你香雪姑姑的好朋友！”李剑答道。

“我香雪姑姑可好了，每次回来都给我买糖，教我认字！”小男孩又说，清脆洁净的童音，安琪等人禁不住泪眼蒙眬。安琪问小男孩：“小朋友，你几岁了？”

“七岁。”

“上学了吗？”

“没，我爹说等我长大了再上。”

这时胡运来问那个神气十足的高个儿男孩：“你几岁了？”

“十一岁了！”

“上学了吗？”

“只上过三年半，爹不让上了，让我帮他干活。我家没钱，上不起。”

“你还想上学吗？”于波问道。

“想啊……”男孩喃喃地说道，此时的他像泄了气的皮球。这时，除了孩子们抽鼻涕的声音，再没有一丝声音了，这群几分钟前还生龙活虎的“士兵”，此时像一群俘虏。

接下来是难言的酸涩与沉默，大学生们感到肩上似乎有一副担子，压得他们透不过气来。

李剑他们被强烈地震撼了，此时此刻，城市里的孩子们，一定正在教室里、实验室里、操场上，专心致志地听课、饶有兴趣地做实验、兴致勃勃地做游戏，而这些与城里孩子一样年纪一样聪明一样调皮的山里孩子，却失学在家耗费时光，还要为生计劳作，他们也正处在长身体长知识的年纪呀！

一群人默默地向前走着，大学生们再也没有兴致领略沿途的风景了，孩子们也不再是那种又蹦又跳的样子了。大家都似有满腹的心事。

又走了约二十分钟，终于看到了坐落在山坳里，四周青山幽幽的下里洼村。此时早有孩子将消息飞报给了香雪娘，一行人刚走进村口，一下子全都惊得怔住了，在下里洼村村口，竟然黑压压地跪着一片人！为首那个穿着补了灰补丁短袖花格衬衫的，就是香雪娘。

李剑他们都被这突如其来的场面惊呆了，一个个怔在那里，此时除了风声和跪着的人群里隐隐约约的抽泣声，再没有任何声响了。跪着的这片人至少不下三十个，有香雪娘，香雪的两个弟弟香土、香地，妹妹香云，有香雪的叔伯婶娘、邻里乡亲及她童年时期的伙伴，还有村里的几位村干部——他们是香雪父亲生前的好友和同事。跪着的人都低着头，似一群雕像，那场景惊心动魄，撕心裂肺！

李剑猛然觉得全身一阵剧烈地战栗，一种无以言表的激动和悲怆袭来，压迫他的心胸，他埋下头去，泪水夺眶而出……

大学生们明白，这么多人跪在这里，是对他们为挽救香雪的生命尽心尽力奔走呼号的感谢，是对他们不远千里，来到这穷乡僻壤看望、慰问香雪亲人的感激……

香雪每次过完假期开学返校时，村里的邻里乡亲，都是东家送几元，西家送几元，大伯送来几张烙饼，大婶送来几个鸡蛋，为这只山里的金凤凰凑足路上吃的花的和一学期的生活费。考入大学的香雪，几乎成了村民们下决心勒紧腰带支持孩子上学的精神支柱，几乎是村民们对幸福、对富足、对未来充满信心和美好向往的源泉，是村民们向外人津津乐道，赖以炫耀的依据。

安琪、孟岩飞、李剑他们作为香雪的好朋友好同学，他们理应代香雪对曾经养育过她的这群乡亲说几句感谢的话，劝慰乡亲们多多保重，这也一定是香雪未了却的心愿啊！可此时此刻，因为他们曾为香雪献出一点理所当然的、微不足道的爱心，乡亲们却先向他们跪下拜谢了……

淳朴憨厚的村民不会慷慨激昂地说催人泪下的感人话语，可他们用古老虔诚的跪谢，这种最为原始，最为庄重的礼仪形式，来表达和诉说他们强烈、真挚的感情……

恍惚中，李剑又联想起了路上见到的烈日下农民们劳作的情景，他突然感到深深的内疚和惭愧。他过去是极少关注这些贫困潦倒的偏僻山区的农民的，他曾觉得他们是那样的懦弱和愚昧，又是那样的心无壮志和自甘贫穷，在心底里对他们产生过一种淡淡的失望和轻视。可现在他感觉自己错了，而且错得十分厉害，这些农民身上蕴藏着一种顽强的、不屈不挠的力量，这种力量，在当前改革开放大潮中，只要正确引导、扶持，肯定会放射出耀眼夺目的光亮的。

安琪、孟岩飞等忙着去搀扶跪在地上的乡亲们，李剑单膝跪在香雪娘面前，用力把她扶了起来。香雪娘浑身都在颤抖，尽管李剑用力搀扶着，她依然老半天直不起腰来，父子贴心母女连肠呀。香雪娘又苍老了许多，枯瘦僵硬的手指不停地痉挛着，精气血脉，似乎全部被痛苦和艰辛榨干了！

多么伟大的母亲呀，为了儿女能走出这片大山，失去丈夫的她，独自担负起生活的重担，在坎坷的人生道路上艰难地跋涉。可怜的老妈妈，她失去了一位优秀的丈夫，如今又失去了一位优秀的女儿，命运对她是如此的不公正，此时的她像大海中的一叶孤舟，似乎已无力与风浪抗争，要被吹倒被吞没了。

香雪的父亲生前是这个山坳里远近闻名的木匠，手艺精湛，又是下里洼村深受群众拥戴的村支书，是位敢想敢干很有抱负和开放意识的山里人。他十分重视文化教育，曾多次带头集资修建学校，节衣缩食坚决支持子女们上学。他的四个子女全部入学，并且都成绩优异，大女儿香雪一鸣惊人，考入重点大学，成为山坳里飞出去的第一只金凤凰。他在几年前的一次山洪中，为抢救一位落入洪水中的孩子，不幸遇难。

香雪娘，这位还不足五十岁的山村妇女，她肯定也有过幸福的童年、无忧的少年时代和浪漫的青年时代，她肯定也有过对美好人生的向往和追求，可命运的无常和坎坷使她过早地衰老了，憔悴了……

李剑觉得鼻子一阵发酸，眼泪禁不住又涌出了眼窝，他一只手扶着香雪娘，一只手又去搀扶跪在旁边的香雪的叔叔——下里洼村的现任村支书。

安琪忍着泪扶起左香雪正上高三的妹妹香云时，香云竟恍恍惚惚地把安琪当成了香雪，脱口唤了一声："阿姐！"安琪瞬间泪奔。

李剑、徐丽娅搀着香雪娘，安琪扶着香云，孟岩飞拉着香土，林大卫扯着香地，向香雪家走去。

香雪家位于村的东南角，藤条枝编织的篱笆墙，小院门虚掩着，一群人进了院子，坐在茅屋里细聊近况。

做晚饭的时候，香雪家门庭若市，一片沸腾。热情好客的村民们有的送来了刚宰杀的鸡，有的端来了白白的大米饭，有的拿来了积攒的鸡蛋，有的提来了珍藏的香油。李剑他们拿出了火腿肠、八宝粥等一些山里人没见过的"稀罕食品"。这顿晚饭很丰盛甚至有些奢侈，村里人即使在春节也难吃上。

夜幕从周围的山顶上像一只大网似的盖下来，月亮悄悄地蹲在院角的那棵老榆树的树杈上，似有满腹的心事。大家坐在院子中闲聊，谈论着山村里和城市里的一些事情，话题似乎都在有意回避谈到香雪，可总还是有人不由自主地提到了香雪，淡淡的月光下，大家眼中似都有泪光在闪烁。几个村民在闷闷地抽着土烟，那小小的火光，像是藏在浮云后面的星星，一会儿亮起来，一会儿又暗下去。

“阿姐每次开学返校时都是很高兴的，可最后这一次她却有点反常。返校前的那天晚上，她流着泪给我讲了大半夜的《许茂和他的女儿们》，给我讲我们已去世的阿爹的事情，我听着听着，就迷迷糊糊地睡着了。第二天我送阿姐到村口，她拉着我的手说：‘香云，我真的不想走了……’我笑着说：‘阿姐，去吧，毕业了赶快回来，好建设我们的家乡呀！’阿姐抚着我的头说我长大了，懂事了，她嘱我听阿妈和香土哥哥的话，好好学习，争取考上大学，便沿着山路走了，一边走还一边不时地回头朝我挥手，直到消融在初春的那一片淡绿之中，没想到这一别竟会是永别。自从那次与阿姐告别后，我便无端的惆怅，常常在夜里做噩梦，没想到阿姐竟真的出事了。在她最后的日子里，我竟没去看她一眼，阿姐一定会生我的气的……”香云说着说着，便泪流满面，泣不成声了。

李剑担心香雪娘会受不了，便悄悄凑近安琪，耳语了几句，安琪便起身拉了一下徐丽娅，两人擦了下眼泪，搀扶着香雪娘缓缓地走回了茅屋。

月落了，鸟啼了，东方泛出了鱼肚白，李剑悄悄地爬起来，走到院子里，轻轻揭开水缸盖，用小手电筒一照，缸里只剩一点水，他便又悄悄地折回茅屋里。这时孟岩飞也已醒过来，正坐在铺上发怔，李剑对他耳语了几句，两人便一溜儿悄悄到了院子里，孟岩飞打电筒，李剑挑水桶，到村外的小河里去担水。

小路蜿蜒逶迤，在晨曦中恍惚游动着，身子摩挲着小路两边野草野竹的枝叶，发出唰唰的响声。微明的晨光踏着青绿的山坡由远而近，眼前的峰巅和蓊蓊郁郁的树丛渐次透亮起来，循路下了一个长长的弯坡，穿一片竹林，前面横了一条小河，潺潺缓缓的，宛如石上奏出的清清灵灵的古曲。李剑和孟岩飞坐在石块上小憩，孟岩飞向那座小山岗望了一会儿，悠悠地说："我好像看到了香雪站在那上面……"李剑抬头向那座小山岗望了望。雾霭茫茫里，那座屹立在层层叠叠山峦之中的小山岗，的确像一个羞涩的少女。

孟岩飞怔怔地深情望着那小山岗，似乎香雪真的在上面。

二

早饭后，大家便商量着到左香雪的坟地去看看，香雪娘也要去，李剑他们不让，怕她再伤心。大家在香土、香云、香地的陪同下，沿着一条小山路默默地向村外走去。山路蜿蜒崎岖，沿途景色十分秀丽，小路两旁是铺天盖地的碧绿芳草，草丛里点缀着五颜六色的野花，一朵朵仰着头，风一吹便摇头晃脑，很逗人的样子。远望是云遮雾绕地沐浴在朝阳金晖里的层层山峦，山坡上是蓊蓊郁郁摇曳婆娑的树林，风一吹便掀起层层的绿波，如浩瀚的波涛澎湃的大海。回望来处，下里洼晨炊袅袅，隐约有鸡鸣犬吠之声。

一行人登上了坡顶，坡尽路绝，面前是一个空谷，谷深且阔，一派空明，谷底是那条香雪深恋着的小河，小河里有青蛙在咕呱地叫，河两岸的林子里有鸟儿在欢唱。山岗被小河三面环绕，丰满的岗顶倒映在河水里，太阳灿烂地照耀着，空中纤尘不飞，万里明净，远山近坡，一片温馨和亮丽，孟岩飞忽然明白为什么香雪要求将她葬于此。

左香雪的骨灰就埋葬在这山花绿草之中，孤零零的新坟，似乎在向这山这水这人述说着无尽的爱和思念。触景思人，孟岩飞扑倒在香雪坟前，呼唤着香雪的名字，泣不成声，在场的人无不流泪。

已近中午，香土劝大家回去，孟岩飞摆了下手说："你们先走吧，我想在这儿多待一会儿。"香土还想劝他，安琪扯了他一把说："咱们还是先走吧！让他一个人待一会儿。"大家走了几步，香云停下来说："你们先走吧，岩飞哥一个人在这里我不放心！"

正午时分，太阳火一样烤人，一行人下山坡，边走边聊，林大卫远远地望见村东南角的山坡梯田上有一个人还在劳作，感叹道："这么热的天不怕晒出病来吗？真辛苦呀！"香土说道："我们山里人都习惯了！"香地向那边仔细望了望，突然喊出声来："那是我娘！"大家吃了一惊，赶忙向山坡走去，近了一看，果真是香雪娘。玉米地里，毒日头底下，她将纤细瘦弱的身子弯向地面，握紧锄头，一路锄下去，仿佛没有累、酸痛和炎热的知觉，一任这强蛮的土地吮吸她的汗水。安琪急忙走上去，拉着老人的胳膊，带着哭腔说：“大娘，回家歇会儿吧！”但老人执拗地不肯走，劝多了那深陷的眼窝里就有泪水漾起，依然继续弓着腰锄地，似乎只有这不停的劳作和干涸的泪水才能慰平她对女儿的思念。手中的锄头，锄柄被双手和岁月磨拭得油光发亮，日渐消瘦的锄板闪烁着对土地的恋情。最后，还是香土说该做午饭了，大家都饿了，香雪娘才收了工，在大家的搀扶下往回走。

路上，香土吞吞吐吐地悄悄告诉李剑，因为家里农活重，母亲身体又不好，一家四口能吃饱饭便已不错了，何况还要供他们三个上学。他打算放弃学业，辍学务农，全力供弟妹上学。李剑心底一阵发酸，香土、香云都是他们镇高中的高才生，香土去年高考仅以一分之差落榜，今年高考希望很大，他妹妹香云亦上高三，也一直名列前茅，况且现在距高考也不过只有三十余天了，辍学实在太可惜了。李剑拉着香土，故意落在人群的最后面，严肃而又亲切地说：“香土，忘了你阿姐临终前的话了吗？放弃学业，绝不是你姐姐所希望的，你应努力学习，为香云做出个表率才对呀！”

香土泪水夺眶而出，木讷了半晌才说：“我何尝不想上大学，何尝不想为家乡多做贡献，可是……”

李剑握紧他的手说道：“忘了那句谚语了吗？‘一个篱笆三个桩，一个好汉三个帮’，香土，好好学，家里的事不要想得太多，有什么困难，我们会尽全力帮助你们的，而且你岩飞哥哥已向学校递了申请，他毕业后很快就会到这里来工作的，他会全力支持你们的。我想，只要我们携起手来，一定会渡过难关。”

香土停住步，紧紧地握着李剑双手摇晃着，激动万分地说：“李剑哥，我失去了一个亲人却一下子得到你们这么多亲人。”

李敛笑了笑，拍着他的肩膀语重心长地说：“好香土，你和香云下午就返校吧，马上要高考了，现在时间十分珍贵，到校后安下心来，化悲痛为力量，一鼓作气，金榜题名，不负你姐姐厚望，好吗？”

香土庄重地点了点头，心底又升腾起了一道道希望的光芒。

香地又回到坟地把孟岩飞、香云叫回来，大家一起吃了午饭。饭后，李剑代表同学们拿出了两千元钱放在香雪娘的手里，希望派上一些用场，可香雪娘无论如何不肯接受，李剑劝道：“大娘，这是我们的一点心意呀，是为了让弟妹们早日成材呀……”孟岩飞、安琪也在一旁极力地劝说香雪娘，可她执拗着就是不肯收，一旁的香雪叔叔插话说：“阿嫂呀，你就收下吧，这也是为了孩子们的将来呀！”香雪娘这才双手颤抖地接过钱。林大卫说：“大娘，您就宽心地生活吧，香土、香云、香地就由我们资助了，直到他们大学毕业，参加工作！”香雪娘感动得热泪长流：“娃娃们呀，太谢谢你们了……”

大家把要回学校的香土、香云送到村口，香云说：“哥哥、姐姐，放心吧，我们一定会争气的……”说完便泣不成声。香土说：“我永远忘不了你们，假如我能考上大学，我一定努力学习，像你们一样，把我的爱心和才华奉献给社会及那些需要帮助的人们。”他俩深深地、庄重地向李剑他们鞠了个躬，转身踏上了返校的路。

送走了香土、香云，李剑他们又在几位村干部的陪同下去参观下里洼村小学。路上，村支书介绍说：下里洼小学是一所为七个小山村服务的管区小学，这所小学之所以建在下里洼是因为这里条件更好一些，是七个小山村中最富的、交通最便利的、离乡镇最近的村。李剑他们不由得感到惊愕，山坳里条件最好的下里洼村尚且如此，其他村庄呢？

学校位于村东北角的山脚下，校园的围墙不过是用竹子、藤条编织成的篱笆而已。走进校园，大学生们心里沉甸甸的，教室是由两间四处透风茅草剥落的竹屋和三间阴暗的石屋组成，石房以茅草为顶，窗户上钉着塑料布挡风，伴着风声哗哗作响。这五间教室是七个村的村民们从牙缝里省出来的钱集资盖起来的。粗略估算一下，整个学校的全部家当估计也不过两三千元人民币。

左香雪初中时期的同桌、高中毕业后回乡教书的李爱红老师听说香雪大学的同学来了，匆忙迎了出来。她一把拉住安琪和徐丽娅的手泣不成声，在大伙的劝慰下，她才渐渐恢复了平静。当谈及学校的情况时，她戚然地介绍说："近几年学校累计已有十多名学龄儿童因贫困而失学，有些孩子不到四年级就辍学回家成了'劳动力'。不少孩子每天来上学要走三到五公里的山路，爬坡涉水。最怕寒冬腊月，教室里没有火炉，孩子们冻得手脚红肿，每每遇到这些情况，学校最好的办法也是唯一的办法就是——放假。每到开学之前，基层干部挨家挨户地宣传义务教育法，但还是有家长让孩子退学。几十年来，人们一直在贫穷—没钱读书—没文化缺乏致富本领—继续贫穷这样的怪圈中徘徊……唉！"李爱红长叹了一声。

沉默，长时间的沉默，这是一种令人压抑的窒息的沉默。

大学生们心情都很沉重，林大卫为在向“希望工程”捐款时他仅捐十元钱居然还牢骚满腹而深感自责，此时他才真正明白了为什么平日省吃俭用的左香雪那时却捐出二十元钱。徐丽娅也在为自己过去奢侈挥霍的行为悔恨不迭。

一行人又到了四年级的教室前，教室里静静的，孩子们正在专心致志地做课堂作业。在这样艰苦的条件下，孩子们仍聚精会神地学习，实在令人感动不已。黑板上方，斑驳掉皮的墙壁上，隐约可见“面向未来，面向现代化”的标语。

李剑示意大家不要打扰正在学习的孩子们，李爱红笑着说：“他们可是很想见你们这些大学生呢！”她说完快步走上讲台，不少学生已经抬起头来满脸惊喜地望着门口，李爱红大声说道：“大哥哥大姐姐来看望你们了！”教室里五十多个学生齐刷刷地起立，向着八个仓促不安的大学生齐声喊道：“哥哥姐姐好！”声音响亮稚嫩，穿过门窗，飞向万里晴空。孟岩飞急步跨上讲台，激动地说：“请坐下，同学们，请坐下！”孩子们十分听话又端坐在座位上。“同学们，你们要努力学习，争取早日成材，为振兴家乡做出贡献。哥哥姐姐们返校后，一定会给你们寄来文具、书籍和你们急需的学习用品的……”五十多个孩子又再一次齐刷刷地站起来，齐声喊道：“谢谢大哥哥大姐姐！”孩子们一直目送着八个大学生退出教室，那目光里溢满了喜悦、激动、渴望和信任。大学生们又一阵酸楚，他们深深地感到一种沉重的酸涩的东西正在狠狠地震撼着他们的心灵。

孟岩飞、李剑他们几个商量了一下，把身边所有的钱凑了起来，一共八百六十元，孟岩飞代表同学们把钱交给李爱红：“钱不多，给孩子们买些文具，权当我们一点点心意吧！”

李爱红含泪握着孟岩飞的手，半天只是摇头。

晚饭后，圆圆的明月缓缓地爬上了村东的那座小山岗，静静的下里洼，一半沐浴在月光里，一半却被沉沉的山峰的阴影笼罩着。

几位村干部来到香雪家，邀请大学生们去参观一下他们村刚刚办起的一个工艺编织厂，村支书说，这还是香雪给出的主意呢，每月收入好几百元呢。大家精神抖擞地来到村后的工厂，一瞧，大学生们的心便一下凉了半截，所谓的工厂也不过是三间用毛竹搭起的简易小屋，工人都是本村的妇女，不过编扎的几个藤椅还很考究。李剑说："不错，万事开头难嘛，只要多想主意多寻找致富门路，好日子就不会远了！"

"你们最好派一些技术人员到办得好的同行企业里去学习取经，比如人家的技术、品样、销售等！"孟岩飞说。几位村干部十分认真地点了点头。

"也可以利用农闲时间组织一些富余劳力到城里去打工，这样既可增加收入，又可开阔眼界，这也不失为一条致富的路子。"林大卫说，几位干部兴奋起来，村支书说："我们早有这个打算，想外出打工，可又不知道城里都需要什么样的人，怕跑了冤枉路，搭上盘缠钱，更怕上当受骗！"

"不要把事情想得那么糟，城里还是好人多，要大胆走出去闯一闯嘛！"童雷说。

"不过你们最好多与市、县的各级劳务输出部门联系挂钩，减少盲目性！"李剑说。

"城里急需的临时性工种很多，一般主要有保安员、服务员、搬运工、泥瓦工等，总之，只要身体好、有力气，特别是有一技之长，在城里都会大有用武之地的！“胡运来笑了笑说。

“注意多方面收集市场劳务信息，多与各级劳务输出部门联系，大批向外输出劳动力之前，最好到用人单位考察了解一下，做到心中有数。当然，我们以后也会多注意这方面的信息，与你们经常保持联系，给你们多出主意，多寻门路！”孟岩飞诚挚地说，村支书激动地一下握住他的手。

贫困地区的群众渴望致富的心情，一如干旱的土地渴望雨露。你给他们一个主意甚至仅仅是一句安慰的话，他们也会牢牢地记你一辈子。

第二天一大早，孟岩飞、李剑他们到香雪坟前与香雪道了别，便准备离开下里洼村返校了。这消息不胫而走，很快传遍了下里洼村的家家户户，不一会儿，香雪家院里院外都聚满了前来送别的人。这令大学生们十分感动，他们缓缓地走在人群里与乡亲们亲切地握手、道别，很多村民把鸡蛋、山果往大学生们的包里、口袋里塞。

人都是以心换心的，人民群众是最善良最富有感情的群体，你给他们一滴水，他们会回报你一条河；你给他们一个微笑，他们会向你敞开整个世界。

孟岩飞拉着香雪娘的手，流着眼泪说：“娘，毕业后我就申请到这里工作，替香雪给您老尽孝心……”

香雪娘用枯瘦的手轻轻地擦孟岩飞满脸的泪花，说：“孩子，别委屈了你……”

“娘呀，您要想开些，要保重身子骨，人死是不会复生的，太悲伤了会伤了身体，那样香雪在九泉之下也不会安心的。现在香土、香云、香地都长大了，又听话又懂事，不几年，他们也就成家立业了，到那时，您儿孙满堂，可尽享天伦之乐了！”

香雪娘笑了，看得出，这是发自内心深处的会心的微笑，笑容是那样的慈祥那样的舒展，灰黄的脸上泛起了之前未有过的红晕。

乡亲们送了一程又一程，在大学生们一再地劝说下才停了脚步，微笑着向他们挥手道别。

走了一会儿，李剑他们又停下来，回望群山深处的下里洼村，心潮澎湃，似乎得到了什么，又似乎永远地失去了什么，他们凝望着，深思着……

进了小镇坐上了公共汽车，他们仍然沉默寡言，心里沉甸甸的。含辛茹苦的农民啊，他们有着多么博大多么善良的胸怀呀，他们那吃苦耐劳、安居乐业的精神风貌，给大学生们留下了深深的印象。

转乘上火车后，林大卫无限感慨地说：“我现在第一次真正地感觉到自己真是太渺小了！”

“我们这些大学生真是应该少些自傲、抱怨和空洞，踏踏实实地为我们的国家和人民做点事了！”孟岩飞喃喃地说道。

徐丽娅苦笑道：“如果不是这次下里洼村之行，我还一直为我的某些自以为正确无比的想法辩护、自豪呢，可现在我终于彻底地醒悟了，骨子里埋藏极深的那些‘娇气’与‘骄气’是多么的幼稚、可笑和不堪一击呀！”

“每个人一生中都力图使自己能够达到一个较高的自己较

为满意的境界，可是如果他不深入到生活的底层、最深处，去设身处地地体味一番，他是很难达到这种境界的！”于波认真地说。

“对，”胡运来接着说道，“要想成就事业，卓有建树，不对中国的国情有清醒的认识是不行的！”

李剑更是感慨万千：“当前，农村内部、农村与城市、内地与沿海、中国与世界之间都还存在着差距，作为大学生，我们有责任用自己的力量来填补这些差距呀！”

安琪扬起眉，扑闪着大眼睛轻声说：“落后并不可怕，怕的是我们没有持之以恒战胜落后的恒心和信念。”

“我已下定了决心，不把香雪家乡搞富，我死不瞑目！”孟岩飞望着列车外飞驰而过的景物一字一句地说道。

好一会儿，徐丽娅缓缓地、郑重地说：“返校后，我也申请到边疆去，到老区去！”

“我也要到最贫困最需要知识的地方去，用我的所学，回馈社会。”童雷激动地说道。

掷地有声的话语，顿时引得群情激奋，大家你一言我一语地描绘起来了各自心中的宏伟蓝图。

“呜——呜——”火车欢叫着风驰电掣般地穿行在群山峻岭之中。

第十章 未了情

一

S大毕业文艺晚会就在校大礼堂里举行。台上灯火辉煌，不时响起乐队试拉、试弹乐器的声音，台下人声鼎沸，黑压压地坐满了井然有序的观众。舞台的正上方挂着一条横幅：“机遇、寻找；生命、盛开；事业、开拓。”

晚会开始了，台下一片掌声。

男主持人：即将告别大学时代，蓦然回首，那条玫瑰色的路已到尽头。

女主持人：四年里的一切一切一幕一幕都是那样地令人难忘，令人难割难舍。

男主持人：回首忆往昔峥嵘岁月稠。

女主持人：举头向未来任重而道远。

男主持人：数风流人物，还看今朝！

台下爆起一阵热烈的掌声。

第一个节目是低年级选送的，一个十七八岁的大一女孩的卡拉OK伴唱，她在台上对即将毕业的师兄师姐们献上真诚、美好的祝愿，她唱的是《粉红色的回忆》。她的歌声如山泉迸跳，奔放、自由、舒展，台下的毕业生们为之一振，她赢得了一阵掌声、喝彩声。接着登台的是一位年轻的男教师，他演唱的是卡伦·卡本特的名曲《昨日重现》，他那模仿逼真的略显沙哑富有磁性的音质，以及那舒缓的节奏、清淡质朴的旋律，把毕业生们带进了一个情意纯朴缅怀过去好时光的艺术殿堂里，歌唱完，余音未尽，台下一片掌声、叫好声。接下来是校文工团一段优美的舞蹈和一个女毕业生的钢琴演奏《致艾丽丝》。接着一位身着T恤衫的小伙子出现在舞台上，他拿起话筒，吸了一口气，深深地鞠躬："我代表左香雪同学及其家属感谢广大师生们在她病危期间，对她的关心与帮助！"是孟岩飞，人语喧杂的大礼堂突然静寂下来，一双双眼睛注视着他。

孟岩飞为大家演唱了一首《冬雨》："为什么大地变得如此苍白，为什么天空变得如此忧郁……难道是爱情早已不在、早已不在……"歌声苍凉、深厚、雄浑，那是发自心灵的声音。他的歌声被台下一阵猛烈的掌声淹没了，台下不少人泪水难抑，有人使劲地喊："再唱一个、再唱一个！"台下的安琪、徐丽娅、林大卫等左香雪的同学更是泪眼蒙眬。

女主持人很巧妙地抓住了时机，说："孟岩飞同学的歌声，全然将痛苦化为了一种美感。是的，即将分手的同学们，痛苦不应该是命运，为了未来，让我们坚定能够过上美好生活的信心。为了社会，让我们永远葆有一颗善良的爱心。”

台下掌声一片。

晚会进行了一大半时，李剑出场了，他可是闻名S大的业余歌手。台下立刻掌声雷动，李剑一改孟岩飞的忧郁，在台上热情洋溢地向台下致意。接着，他便唱起来了郑智化那首十分流行的歌曲《水手》，“他说风雨中这点痛算什么，擦干泪不要怕，因为我们还有梦”。歌声浑厚，歌声里蕴藏着向命运不屈的争斗，展示着时代青年永不会被打败的青春血气，呼唤着人们鼓起勇气，坚定信念，热爱生活，热爱生命。

望着台上的李剑，台下的安琪抑制不住泪水，既骄傲又心疼。为这台晚会，作为学生会主席的李剑付出了很多心血，安琪目睹了他们创作排练的辛苦。

这时听见台上李剑声音略沙哑地说道：“同学们、朋友们，两周前，我与几位同学去了革命老区大巴山，左香雪的家就在那里的一个山坳里，那儿有许多孩子因贫困辍学。我希望我们毕业后，不管走到哪里，从事什么工作，都要有责任感、使命感，不能辜负我们的人民和脚下的土地。最后，我再为大家奉上一曲《爱的奉献》!”

歌声沉甸甸的似乎带着重量，带着期待，带着青春的热血，带着真挚的呼唤。很快，台下许多人也跟随着唱起来，雄厚有力的歌声直冲夜空：“只要人人都献出一点爱，世界将变成美好的人间……”

在歌声里，在爱和责任面前，年轻人的心是相通的。

二

幽暗宁馨的咖啡厅里，回旋着柴可夫斯基的圆舞曲《天鹅湖》，安琪依偎在李剑怀里，品尝着充满咖啡香味儿的爱的甜美，摇曳着的烛光照耀着两颗炽热的灿烂的心。今天是李剑的二十二岁生日，两个人一大早便来到这家咖啡厅，享受着这份幸福、甜蜜和安谧的氛围。

又一曲悠扬的《睡美人》旋律飘进了透明而朦胧的烛影里，一切的诗情画意都融在微苦的、浓浓的咖啡里，水一样荡漾着。安琪一双明眸瞧着烛光里的李剑，他的英俊，他的气质——那种从容不迫的沉稳，叫人可信赖可依靠的善良，令人折服的知识才干，不知博得了多少姑娘的尊敬和爱慕，而她安琪，算是这些姑娘中最幸运的一个了。安琪仰望着李剑的脸，感受着烛光里他眼眸的光亮和柔和，李剑微微地勾着头，盯着安琪美丽的大眼睛，乐曲在空中回旋着，她和他都感受到了对方的炽热，都有着一种不可遏制的热望。“祝你生日快乐!”她柔声呢喃，他埋下头，深深地吻住了她那灼烫的、软润的唇。良久，他才轻声地说：“谢谢你，我的小天使!”声音里饱满了深情。

优美的旋律在飘荡，撩起一片甜蜜、亮丽的思潮，这是个迷人的令人心旷神怡的上午。

下午，突然起了风，而且越刮越大，天空阴沉沉的，乌云像潮水一般压了过来，整个城市似乎都在战栗。安琪从宿舍楼里出来，准备到图书馆去借几本书，忽听有人急切地高声呼叫她的名字，向她直跑过来，迎面跑过来的是林大卫，只见他脸色煞白，嘴唇青紫、颤抖，上气不接下气，安琪吓了一跳："大卫，出了什么事，看你紧张的？"林大卫气喘吁吁地说："快，快去市医院，李剑他们被歹徒扎伤了……"安琪一下子惊得浑身发抖。"到底发生了什么事？"安琪一把抓住林大卫的胳膊焦急万分地问，带着哭腔。林大卫稍稍平静一下，说："快，打的，车上说！"

原来，下午李剑、孟岩飞、林大卫、胡运来四个人一块到市百货大楼买一些纪念品，打算送给即将分别的同学们，当他们走到离百货楼下不远的一个"T"字路口时，林大卫和胡运来去了厕所，李剑和孟岩飞站在路口等他们，路口熙熙攘攘，人流如织。这时突然间响起了一个男人惊慌的叫喊声："救命呀，抢钱啦、有人抢钱啦……"他俩急忙循声望去，只见两名歹徒正持刀在光天化日之下公然抢劫，被抢的中年人胳膊上、手上鲜血直流。李剑和孟岩飞顿时热血上涌，一起猛冲过去，此时两名歹徒正拿着鼓鼓的皮包拿着刀子迎面跑过来，中年人在后面拼命地叫喊着："抓住他们，抓歹徒呀……"李剑一下挡在歹徒面前，怒不可遏地吼道："站住！"跑在前面的歹徒一愣，但马上就缓过劲儿来，他冲着李剑晃了晃手中的匕首气势汹汹地骂道："滚开，妈的，不想活了？"

"你们这是在犯罪……"李剑正气浩然地挡住去路，后面的那名歹徒恶狠狠地叫嚣道："捅了他，捅了他！"歹徒凶狠地朝李剑猛扑过来，气焰十分嚣张，李剑来不及多想，与两名歹徒展开了搏斗，孟岩飞冲了上来从后面将一名歹徒狠狠地打翻在地。这时，躲在人群中的另外三名歹徒一起蹿了上来，一名歹徒一刀扎在孟岩飞胳膊上，孟岩飞痛得大吼一声，跃起来一脚把这名歹徒踹出好远，另一名歹徒持着刀向他逼过来，那个被踹倒的歹徒也爬起来举着刀扑过来，孟岩飞与这两名歹徒缠斗在一起，其他三名歹徒则在围攻李剑，李剑与他们展开了殊死的搏斗，由于歹徒人多势众，又有刀，李剑浑身血淋淋的。“法律会惩治你们的……”李剑双目闪着逼人的光芒。“法律救不了你小子的小命了！”一名歹徒晃着刀子冷笑道。搏斗中，一名歹徒从背后突然紧紧地将李剑抱住，恶狠狠地喊道：“捅死他，捅死他！”另一名歹徒扑上来残忍地对着李剑猛刺几刀，一股股直往外冒的热血，浸透了李剑洁白的T恤衫。“你们……必然会受到法律的严惩的。”李剑微弱的声音已是断断续续，周围围观的人很多，可竟无人帮忙。被歹徒抢劫了的中年男人看到这场面，早已拣起地上的皮包溜得不知去向了。

搏斗持续了五六分钟后，一位路过的老大娘哀号着跌跌撞撞地到附近的一个公共电话亭报了警。这时，林大卫和胡运来挤入了围观的人群，一看到如此惨况，林大卫顺手从地上拣起一块砖头怒吼着不顾一切地冲了上来，将一名穷凶极恶的歹徒击倒在地。愤怒的胡运来将一名歹徒扑倒在地，并紧紧压在身下，另一名歹徒从背后朝他猛扎一刀，捅在他的左肩上，顿时血流如注，被压在他身下的歹徒乘机爬起来，四个歹徒在众目睽睽之下，一哄而散。留下的围观者，眼睁睁地看着倒在血泊中的李剑、孟岩飞、胡运来，以及泣不成声地跑到人群外拦出租车的林大卫。这时警车、救护车吼叫着开过来，那个被林大卫击倒的歹徒爬起来想溜，两名干警冲上去把他铐住，救护车鸣叫着风驰电掣般地把三位满身是血的大学生送往市医院。

安琪听着林大卫的叙述，心上渐渐结起了一层冰霜，冷得她周身寒彻。她几次都忽觉天旋地转，差点昏厥过去。

当安琪和林大卫匆匆忙忙地赶到市医院时，抢救还在继续，胡运来、孟岩飞已脱离危险，李剑还在抢救中。

风越刮越大，闷燥的东南风从树枝、楼顶和电线上滚过，奏着凄厉而绵怨的啸歌。安琪由徐丽娅搀扶着坐在走廊的长椅上，紧紧咬着嘴唇，强忍着巨大的悲痛和焦虑，任泪珠成串儿地滴落。徐丽娅、林大卫、于波、童雷也一个个面色苍白，紧张焦虑。学校的领导、老师、同学闻讯来了许多，走廊里、过道里、院子里聚满了人。年逾半百，从不轻易动情落泪被学生们戏称为“铁石道人”的老校长拉着院长的手，声泪俱下：“院长，拜托您了！请您一定医治好他们。”

安琪突然镇定起来，她让人找来个录音机，连续地亲切地呼唤李剑的名字，然后把录音机交给院长说：“放在手术室，让他听到我的声音，求您了。”

录音机被送进了手术室……

一辆小轿车急速驶进医院，安志华快速地下了车，刘瑛也被人接来了，她一路上紧咬着嘴唇，强忍眼泪。当刘瑛看到安志华时，她再也掩饰、压抑不住自己的感情，忍耐了好长时间的眼泪如决堤的洪水涌泻出来，安志华快步走过扶住她，刘瑛轻轻地叫了一声：“志华……”

安志华感觉到刘瑛那颗饱经风雨的心似乎要碎了。

安志华、刘瑛等走进病房，先看望了刚刚脱离危险的孟岩飞和胡运来，随后走到了安琪身边，安琪看到安志华叫了声“爸”！便一下伏在他怀里，痛哭起来。安志华轻轻地抚着安琪的背说：“孩子，别哭了，看你刘阿姨也来了，李剑是个坚强的孩子，会没事的……”

安琪这才强忍泪水，拉着身旁刘瑛那双冰凉的手哽咽着：“阿姨……”刘瑛一把将她揽在怀里。

下雨了，雨水哗哗地悲鸣着，风把雨点吹打在玻璃窗上，汇成一条条小水流，像泪流。

院长匆匆忙忙地走过来，走到安志华和刘瑛他们面前，轻声说：“已经苏醒了，大家可以放心了。”

在李剑、孟岩飞两人挺身而出，用生命捍卫正义的时候，现场围观的十几名群众，竟无一人伸手救援，眼睁睁地看着两位青年的热血一滴滴洒落，直至倒在血泊之中。

从某种意义上讲，沉默麻木就是纵容犯罪，理应受到良心和道德的谴责。

倘若当时现场的围观者，在李剑和孟岩飞的带动下，能一呼百应，群起而攻之，犯罪分子又岂能如此嚣张，又岂能有他们的立足之地。

我们的社会在呼唤、人民在呼唤，呼唤良知、呼唤责任、呼唤真情！

英雄的行为针砭时弊，英雄的鲜血没有白流。李剑他们见义勇为的英雄壮举，唤起了成千上万人对正义的呼唤、伸张和参与。四名逃窜的歹徒在群众的大力协助下很快便被缉拿归案。

三

星期一上午九点，S大学隆重庄严的毕业典礼大会如期举行。

毕业典礼后，毕业生们开始收拾行装，第二天就要离校了。

一丝风都没有，树叶静止，树枝间滑落的蝉声快要把空气凝成固体了。胡运来、林大卫、于波、孟岩飞来到相思湖边，离别在即，他们心事重重。

林大卫打破沉默说："老胡，你和李剑给了我一个真正的思考人生、思考生活、清理紊乱思绪的机会。

于波拣起一块石子投入湖水里，略显激动地说："祈祷李剑早日痊愈，就像从前一样。李剑的见义勇为像坚硬的铁锤，击碎了我的冷漠和消极；更像火红的太阳，照亮了我的生命，沸腾了我的血液。我会把他的事迹写成书，呈现在人们面前，把他的故事，讲给我今后的同事、爱人及孩子们听！"

受伤未愈的胡运来和孟岩飞默默地走在后边，胡运来扫了同伴们一眼，意味深长地说："毕业后，我们将步入社会，相信我们以后的追求、事业都决不会暗淡平庸，因为我们有理想、有目标……"

孟岩飞望着深蓝的天空，在追忆那无限留恋的往事，他无限感慨地吟出了一句："曾经沧海难为水，除却巫山不是云！"

晚饭后，俱乐部里有一场别开生面的舞会，很多毕业生都去跳舞了。安琪没吃晚饭也没去跳舞，一个人半躺在床上发愣。良久，徐丽娅推开宿舍门走了进来，手里拿着一罐芒果汁和安琪最爱吃的巧克力糖，她走到安琪床前轻轻坐下，满脸满眼的真诚与关怀：“安琪，吃点东西吧！听说李剑已经可以下床活动了?!”安琪鼻子一酸：“他好多了，医生建议多静养。丽娅，我会每天都想你的！”徐丽娅大姐姐一样地笑了笑：“我也一样！”

安琪喝了点芒果汁，却怎么也不想吃巧克力了。徐丽娅站起身来说：“安琪，咱们下楼随便走走吧！”安琪点了点头，两人一起下了宿舍楼，沿着水泥路向相思湖走去。

来到湖边，徐丽娅望着月光下泛着微波的湖水，深情地说：“四年的大学生活结束了，我也终于掂量出了很多东西的真正价值，包括爱情，包括生命，毕业后，我将会寻觅属于我生命中真正想要的东西……

安琪轻声说：“丽娅，重新舒展丰盈你的心灵，一定会前途光明的！”

两双手紧紧地握在了一起，皎洁的月光下，两个人都能感受到对方的真诚和力量。

第二天早饭后，林大卫正在宿舍里帮胡运来收拾行李，一位低年级的女生敲开门问：“林大卫在吗？女生楼412有人找他！”林大卫以为是安琪，便急匆匆地下楼直奔女生楼来。412的门敞开着，林大卫走进屋，只有徐丽娅一个人坐在床沿上，看到林大卫走进来，徐丽娅缓缓站了起来，眼光有些异样，是柔情？是哀怨？是凄苦？还是惜别？自从两人分手以后，从未单独见面，如今在这即将分离的时刻，俩人面对面地站在一起，如此地近在咫尺，心里都如打翻了五味瓶。

“你……”林大卫一下子语噎了。

“大卫……”她也语噎了。

窗外有小鸟儿在叫，几朵白云在天空中轻轻飘飘地游走。过了好一会儿，她轻轻地舒了口气，显出一副十分平静的样子来：“你一定还在恨我，是吗?”

“我……”他将头扭向一边，显得仓皇失措起来，心底似有波涛在翻滚，只觉得脸热烘烘地发烫。

“没什么。”她似乎仍然十分平静，“我曾经真的十分可憎……”她说不下去了，她真想哭，那种热泪迸泻地大哭一场。

他本想说几句宽解的话，可怎么也张不开口。

“有些事我终于明白了，可我……”她顿了一下，又接着说，“愿你毕业后，能拥有一份好的工作，好的妻子，好的家庭……”她又顿了一下，嗫嚅了半晌才说，“你、你走吧，祝你幸福!”她最后的一句话，声音低低的、悠悠的，像是在长长地叹息。

林大卫百感交集，转身离开，走了两步，禁不住回过头来看了徐丽娅一眼。在他回头之际，他清晰地看到她的眼睛里泪光盈盈，如幽深的碧潭泛起了细细的涟漪，曾经令他激动、启动了他青春的徐丽娅，又一次激起林大卫尘封的情感。林大卫猛然有一种回转身冲过去紧紧拥抱徐丽娅的冲动，但他终于极力地使自己平静下来，转身离开，他感觉脸上有两股温温的痒痒的东西在流动……

她泪眼汪汪地望着他走远消失，终于忍不住失声痛哭起来，那压抑不住的、悲伤的哭声，令人心碎。

四

傍晚时分，街上华灯齐放。林大卫拎着一大袋水果，来到李剑家门口，轻轻按响了门铃，开门的是刘瑛，她一下认出林大卫来。“大卫？”她惊喜地叫了一声。

林大卫被热情地让进了客厅，刘瑛又是沏茶又是拿水果：“李剑时常向我谈及你，说你文采好，你现在工作分配好了吗？”

“我要到美国留学了，明天上午的飞机，我刚刚去医院看望李剑了，恢复得还不错。我是来跟阿姨道别的！”

“留学？是公费还是自费？”

“自费！”

“父母很支持你出国吗？”

“是的，他们全力支持！”

“学成后还回来吗？”

“回来，我很想为国家的发展做点事！”

“有志气，孩子，你一定会有建树的！”

他们谈了好长时间，林大卫看了一下手表，时间不早了便起身告辞。刘瑛笑吟吟地把林大卫送出门外。

刘瑛慈母般地叮嘱道：“一个人在国外要照顾好自己呀。”

林大卫向刘瑛挥了挥手：“放心吧，阿姨，再见了。”说完咚咚地下楼去了。

大巴山区的一个小山坳里，孟岩飞静静地肃立在左香雪的坟前，秋风时紧时缓地吹着，随风舞动着的落叶，如金黄的蝴蝶在翩跹。

生命虽然短促，春花虽然凋谢，然而因为有了爱，我们共度的一段时光就变得非常甜美而又绵远，没有遗憾了，香雪呀，你说是吗？孟岩飞默默地想着，在心底里极力地聆听着香雪的声音。

孟岩飞缓缓地俯下身，抚了抚香雪坟上的几株野菊花，轻声地对香雪说："香雪，你的岩飞回来了，他要实现他的诺言，把他的一切，都奉献给你安眠的这块土地……"

有人在身后轻轻地唤他的名字，孟岩飞回过头来，恍惚间他看到香雪向他走来，那声音，那笑容，那圆圆的脸蛋，那清亮的眸子，孟岩飞一阵恍惚。"岩飞哥，回家吃饭吧，娘今天包了饺子，可好吃了！"香云亲切地说。

天空飘起了小雨，孟岩飞随着香云缓缓地走着，他踩着脚下湿漉漉的落叶枯草，一股忧伤的感情涌上心头。

青山依旧在，几度夕阳红。

第二年的一个春日，忙了一天的安琪一个人来到了她和李剑常坐的那块海边巨石上。李剑在市台湾事务办公室工作，昨天飞台北了。安琪现在在一家外贸公司工作。半个月来，她连续收到五位同学的来信。

第一封是徐丽娅从遥远的青海寄来的，她在信上大谈了一通初上青藏高原的感受，还说她对自己的选择决不后悔，今后的困难一定很多。但既然走了这条路，就一定要走下去，并且要一直走下去，还要走好，又说她十分想念同学们！

第二封信是孟岩飞从大巴山区寄来的，他说他被分配到了县扶贫办公室，整天在大山窝窝里转悠，他已晒黑了，瘦了，但也成熟刚强多了。他还说香雪家所在的山坳里已开始发展多种副业，并且因地制宜地建起了几个小型企业，充分利用当地的原材料和富余劳动力。那个手工艺编织厂现在已与香港一家公司合资进一步开发，修建了厂房扩大了生产规模，出产的藤椅、竹凉席等产品供不应求，并且有的还出口呢。村里小学校的校舍也得到了翻修，教学环境有了极大的改观。

最令人惊喜的是村子附近发现了迷彩石，这种石头集多种色彩为一体，既可作为高级装饰材料，又可作为艺术品收藏，深受国内外客商赞誉，被称为奇石，现在正准备成规模、有次序地开发。

他还告诉安琪一个好消息，说香土、香云考上了师范院校，立志献身于家乡的教育事业。

第三封信是童雷从贵州省一个贫僻的小县城寄来的，信中他讲述了对老同学的思念和自己的一些近况。

第四封信是于波从深圳寄来的，他说他在一家外资企业干得很红火，很受老总的器重，不久将去德国接受短期培训。信上还说他往下里洼村小学寄去了一些书籍和两千元人民币，给香雪家汇去了一千元钱。

第五封信是胡运来以他和刘玉兰两个人的名义写来的，信中简单地介绍了他们家乡的发展情况，说他的家乡装上了程控电话，建起了一个宾馆，成了远近有名的万元村。信中也表达了他们俩对李剑和安琪的思念和牵挂。

安琪静静地坐着，海风吹拂着她的秀发，撩起她一片片的回忆和思潮。海水鸣唱着，频频地向脚下的岩石扑来，发出哗哗的声响，暮色四合，大海上飘扬着一抹绛红的晚霞……

尾声

我是在一个阳光明媚、春意弥漫的日子里写完这篇故事的，但令我忐忑的是，我不知道这到底该是一个故事的终结还是另一个故事的开始。因为我真的不是一位写故事的好手。

但我至此也才发现：宇宙万物什么都不会过去，一切都将会作为历史留下来的。我又发现：在许多微小中蕴藏有博大，在许多短暂里潜藏着永恒，我想这也恰是我们这个世间的绝妙之处吧！

在记叙这篇故事的过程中，我自始至终很切实地感受到：对人生意义、人生价值的反省，对社会上种种是非价值标准的判断，以及为应付意外挫折所需的勇气、顽强等，所有这些，都构成我的精神资源的重要部分。放弃了这些，等于放弃了更为美好丰富的人生。

无论岁月的流逝是如何地匆匆和淡漠人心，对于我来说，这个故事都将永远地刻骨铭心。那段时光里的梦想、欢乐、吵闹、忧伤和剪不断的情愫，永在我心，让我有做不完的梦和不尽的思念。

写这篇故事，我绝非是想沽名钓誉，只是希望所有已经告别大学生活的朋友们，能够蓦然回首，重新审视那段时光，重新品味那段生活，回望自己的青春梦想。我想，这些对于我们在以后的日子里，勇敢地向前走，去成就一个辉煌的人生，不无裨益。

搁下笔来，我感到连空气都荡漾着一股轻松活跃的气息，心中产生了一种从未有过的安宁。

记得曾经读到这样一句话：

用我的心发现你的心，
用我的火点燃你心中的火。

就以这句话作为这个故事的结束语吧！

作者
于安乐窝书斋
1996年6月6日

图书在版编目（CIP）数据

春阳 / 杨四海著. -- 北京：作家出版社，2020. 1（2023.2重印）
ISBN 978-7-5212-0677-7

Ⅰ. ①春… Ⅱ. ①杨… Ⅲ. ①长篇小说 - 中国 - 当代
Ⅳ. ①I247.5

中国版本图书馆CIP数据核字（2019）第173285号

春　阳

作　　者：杨四海
责任编辑：丁文梅
装帧设计：丁奔亮
书名题字：郑　薇
出版发行：作家出版社有限公司
社　　址：北京农展馆南里10号　　邮　　编：100125
电话传真：86-10-65067186（发行中心及邮购部）
　　　　　86-10-65004079（总编室）
E-mail:zuojia@zuojia.net.cn
http://www.zuojiachubanshe.com
印　　刷：固安兰星球彩色印刷有限公司
成品尺寸：142×210
字　　数：168千
印　　张：7.75
版　　次：2020年1月第1版
印　　次：2023年2月第2次印刷
ISBN　978-7-5212-0677-7
定　　价：36. 00元